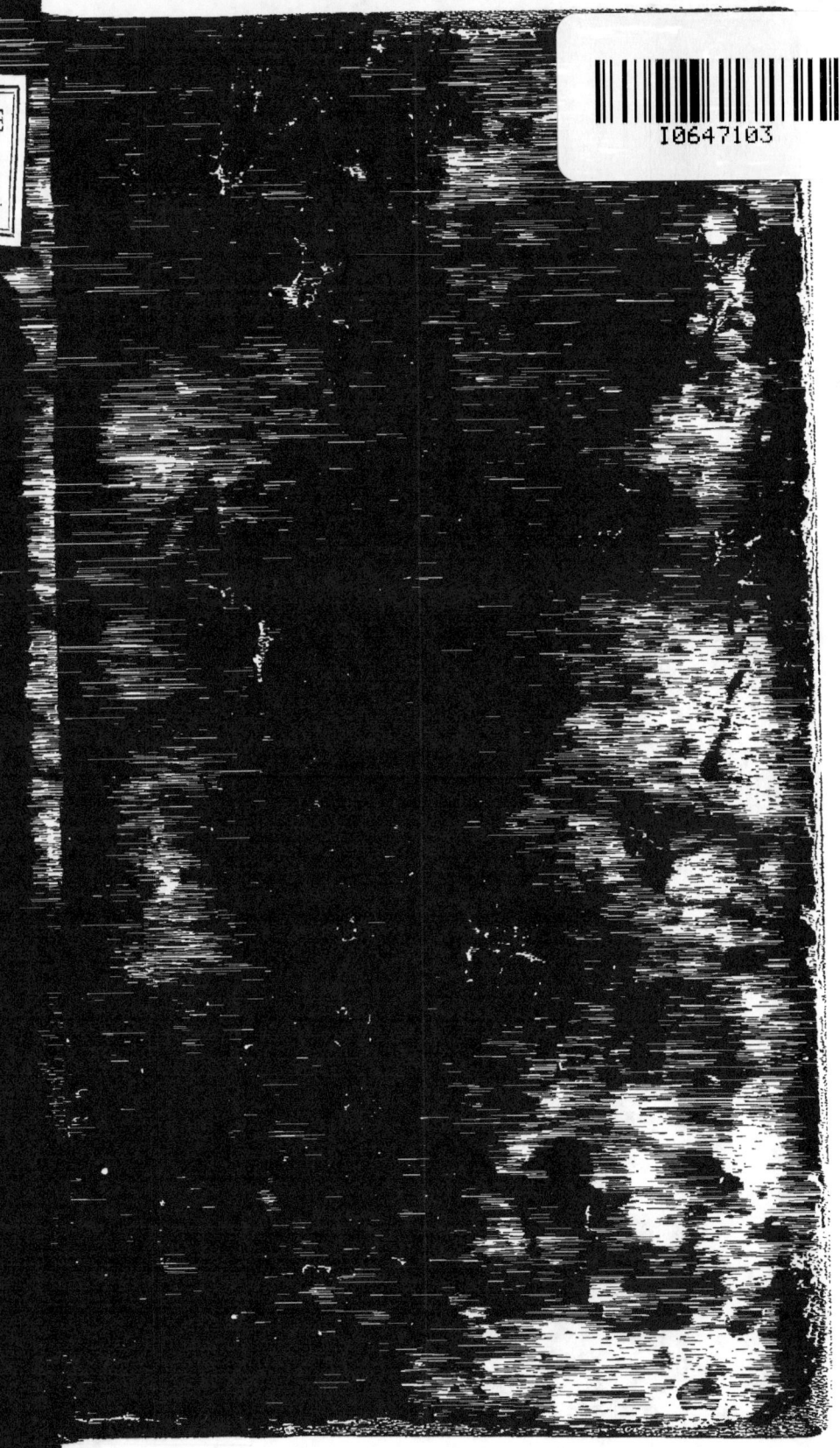

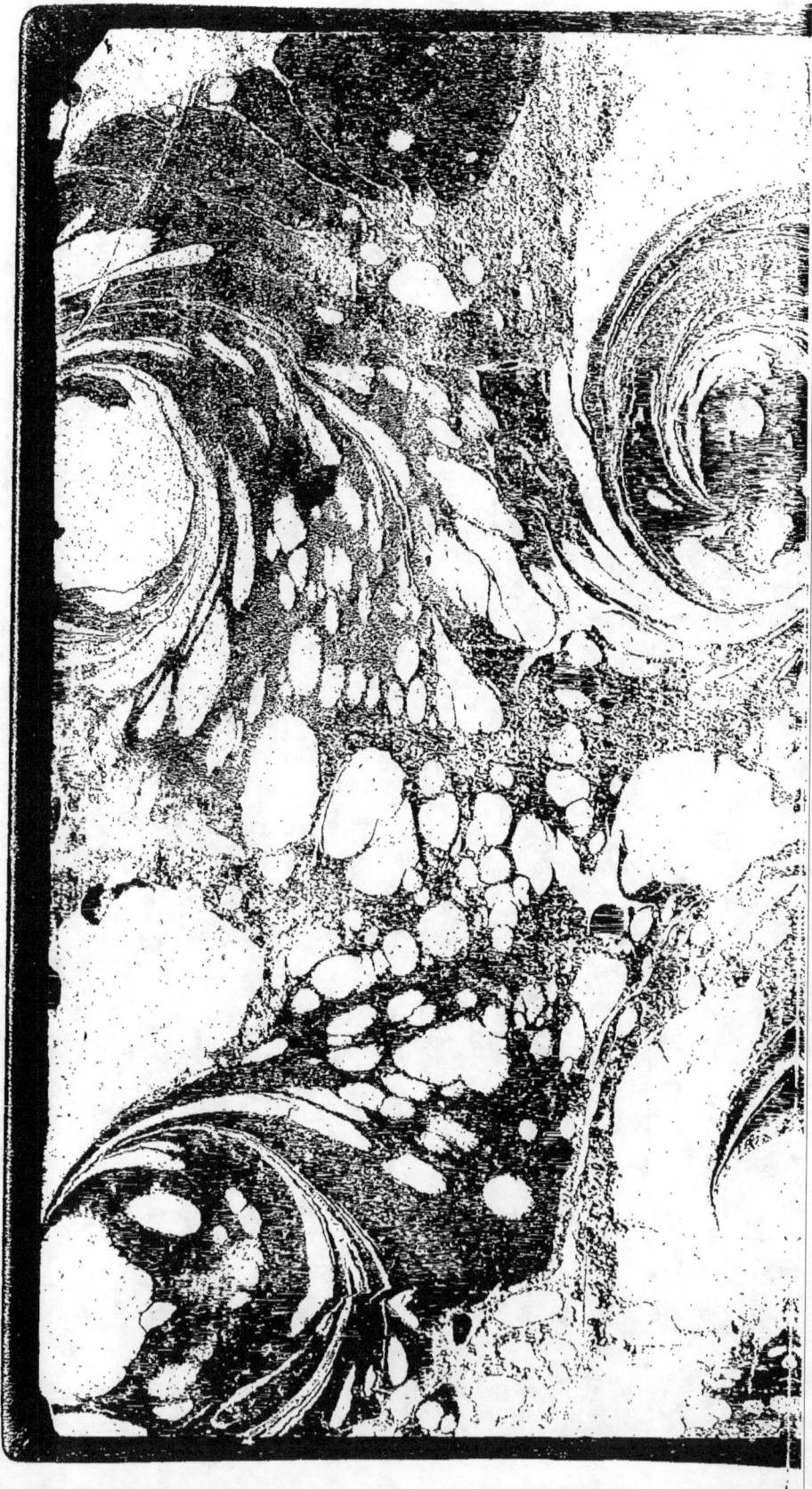

TANZAI
ET NÉADARNÉ.

HISTOIRE
JAPONOISE.

TOME PREMIER.

A PEKIN,

Chez LOU-CHOU-CHU-LA,

AVERTISSEMENT.

IL s'eſt gliſſé pluſieurs fautes dans cette Edition, mais comme elles ne conſiſtent pour la plus grande partie qu'en quelques virgules, ou omiſes, ou mal placées, on n'a pas cru devoir faire un Errata ; le Lecteur intelligent ſçaura s'en paſſer, & l'autre ne ſçauroit pas s'en ſervir. Si le Public nous met dans le cas d'une ſeconde Edition, il l'aura plus correcte de toutes maniéres. Au reſte, l'Imprimeur Chinois ſoutient qu'un Ouvrage de ſon Païs ſeroit plus mal imprimé en France, que celui-ci ne l'a été à la Chine. On ne décide pas s'il a raiſon.

PREFACE.

❖❖❖❖❖❖❖❖❖❖❖❖❖❖❖❖❖❖❖❖❖❖❖❖❖

CHAPITRE I.

De l'Origine de ce Livre.

ET Ouvrage eſt, ſans contredit, un des plus précieux monumens de l'antiquité, & les Chinois en font un ſi grand cas, qu'ils n'ont pas dédaigné de l'attribuer au

ã ij

célébre Confucius. En effet, pour
la sageſſe des préceptes, la bonté
de la morale, la beauté de l'in-
vention, la ſingularité des événemens, & l'ordre qui y eſt répandu, ils n'ont pû ſe diſpenſer de
l'en croire l'Auteur, ou du moins,
de ſouhaiter qu'il le fût. Ce
Livre, cependant, eſt de Kiloho-éé, Perſonnage Illuſtre, an-
térieur à Confucius de plus de
dix ſiécles, premier Mandarin
de la Loi, revêtu des Emplois les
plus grands, & connu à la Chine, par un grand nombre d'Ouvrages, Hiſtoriques, Politiques, & Moraux. Un Sçavant

Chinois * qui a fait, il y a quatre cens ans, l'Hiſtoire Litterai-
re de ſa Patrie avec une éxacti-
tûde admirable, a prouvé par
des raiſons invincibles, que Kiloho-éé étoit ſeul l'Auteur de ce
Livre. Ce qu'il en a donné n'eſt
qu'un Fragment d'une Hiſtoire
plus longue, un eſſai, pour ainſi
dire, de celle de tout un Peuple.
Les raiſons pour leſquelles il a
abandonné ſon projet, ne nous
ſont pas connuës. Quelque honneur que Kiloho-éé ait attendu

* Cham-hi-hon chu-ka-hul-
chi. Hiſt. Litt. de la Chine. Pekin 1306. p. 155. prem. vol.

de ce commencement, qui ne forme
que l'Histoire particuliere d'un
Prince, il n'a pû s'empêcher d'a-
voüer qu'il l'a traduit de l'ancienne langue Japonoise, sur un ma-
nuscrit très-vieux, & l'Auteur
Japonois l'avoit lui-même traduit de la langue des Chéchianiens, Peuple qui dès ce tems-là
ne subsistoit plus.

Le Japonois, dans un endroit,
assûre que sa Nation tenoit à honneur de descendre des Chéchianiens, mais il semble n'être pas
de cet avis, parce que de son
tems même, il ne restoit aucune
preuve de cette descendance, &

qu'il croit, en Auteur judicieux,
qu'une chose auffi importante,
ne peut-être trop bien conftatée.
Il entre même fur cet article dans
une differtation que Kiloho-éé
n'a point traduite, parce qu'elle
n'éclairciffoit rien. Il feroit plus
difficile aujourd'hui de fçavoir
ce qui en eft. Sous le bon plaifir
du Lecteur, on paffera donc à
des Faits d'une difcuffion plus
aifée.

CHAPITRE II.

Comment ce Trésor a passé en France.

UN Hollandois, homme d'esprit, se trouvant à Nankin, il y a près de cent ans, fût obligé par ses affaires, d'y demeurer assez de tems pour pouvoir apprendre passablement le Chinois : Dans le tems que pour s'y former davantage, il cherchoit à faire une traduction, ce Livre lui tomba entre les mains; il l'admira, l'entreprit, & par-

vint, après un travail de trois
ans, à le mettre en Hollandois;
mais, très-imparfaitement, selon qu'il l'a avoüé lui-même.
Peu curieux de le donner au Public, il repaſſa en Europe, &
laiſſa ſon Ouvrage au Sçavant
Jean-Gaſpard Crocovius Putridus, de Leïpſik, ſon ami intime,
& connu dans la Litterature par
la diſpute qu'il a euë avec Em-
manuël Morgatus, ſur une choſe
importante : Il s'agiſſoit de ſça-
voir ſi les Meutes de la chaſte Dia-
ne étoient compoſées de Chiens,
& de Chiennes, ou ſeulement
de l'un ou de l'autre Sexe de ces

animaux. Après des conteſtations très-vives, la Palme demeura à Putridus, qui prouva par des raiſons tirées de la pudeur de la Déeſſe, & par les témoignages des plus grands hommes de l'Antiquité, qu'elle n'avoit jamais eû que des Chiennes. Le Hollandois arriva dans le tems que Putridus étoit complimenté par tous les doctes d'Allemagne, ſur l'important ſervice qu'il venoit de rendre à la République des Lettres ; il le pria de commenter ſa traduction Chinoiſe. Crocovius la traduiſit en Latin, l'enrichît de Notes, & de Commentaires,

& il étoit près de la donner au
Public, en trois Volumes in Fo-
lio, lorſqu'une mort prématurée
enleva ce Sçavant homme. Bal-
thaſar Onéroſus, & Melchior
Inſipidus, ſes neveux, heritiers
des biens, & de la ſcience profonde de leur Oncle, augmenté-
rent encore ſon Livre, le com-
mentérent, éclaircirent ſes notes,
en ajoutérent de nouvelles, com-
parérent les leçons, reſtituérent
les paſſages, & le faiſoient enfin imprimer à Nuremberg en
cinq Volumes in-folio, lorſque
la peſte les emporta. Leurs enfans, moins érudits, & hors

d'état peut-être de subvenir aux
frais d'une Edition de cette im-
portance, vendîrent l'Ouvrage
de leurs Peres, à un Noble Ve-
nitien qui se trouva pour lors à
Nuremberg. Ce Seigneur nommé Annibale, Julio, Scipione,
Buz-è-via de gli Tafanari, de
retour à Venise le traduisît en sa
langue, non tel qu'il l'avoit
acheté. Comme il n'entendoit que
très-imparfaitement le Latin, il
laissa à part l'érudition, aidé par
un frere servite, & tous deux
s'aidant d'un Dictionnaire, il
le mît enfin en état de paroître en
langue Venitienne. Si son Excel-

lence *Buz-è-via*, avoit pû profiter des remarques sçavantes dont les Allemands avoient orné cet Ouvrage, la France l'auroit plus complet, & mille choses qui ont besoin d'éclaircissemens, n'en resteroient pas privées. On ne se flatte pas d'avoir bien réüssi à cette derniere traduction. Le Vénitien est un Jargon difficile à entendre, & le Traducteur François avoüe que dans le Toscan même il y a bien des termes qui l'arrêtent.

Ce qui ne paroîtra pas extraordinaire, quand on sçaura qu'il n'a étudié l'Italien que deux mois, sous un François de ses amis, qui n'avoit été à Rome que six semaines.

CHAPITRE III. & dernier.

Inconvéniens ausquels il a fallu remédier : Eloge du dernier Traducteur.

ON peut aisément inférer des différentes mains par lesquelles ce Livre a passé, qu'il doit lui rester peu de ses graces nationales, & je ne sçais, à tout prendre, s'il en sera moins bon. Les livres Orientaux sont

PRE'FACE.

toûjours remplis de fatras, &
de fables abſurdes ; les Religions
des Peuples de l'Orient, ne ſont
fondées que ſur des. contes qu'ils
mettent par tout, & qui ſeroient
auſſi ridicules pour nous, qu'ils
ſont vénérables pour eux. Ces
religieuſes folies donnent à leurs
écrits, un air bizarre qui a
pû plaire dans ſa nouveauté,
mais qui eſt trop rebattu aujour-
d'hui, pour que le Lecteur lui
trouvât des graces. Outre leurs
Dieux à qui ils font joüer toutes
ſortes de Perſonnages, ils mettent
en œuvre les genies, & les Diws;
on les trouve dans leurs plus

PRE'FACE.

sérieuses Histoires ; & si quelqu'un de leurs Héros est dans
quelque grand danger , c'est une
Dive qui l'y a plongé , c'est une
Ginne qui l'en retire. Ces êtres
imaginaires fondent , & de-
noüent les trois quarts de leurs
Livres , & quoiqu'ils donnent
souvent lieu à des évenemens
singuliers , on s'ennuïe de ne voir
jamais sur la Scéne que ces mêmes Acteurs , & cela marque
une stérilité d'imagination , qui
impatiente. D'ailleurs , leur
façon de narrer , est remplie de
Métaphores , & de certains
tours , que la simplicité de notre
langue.

langue ne permet de rendre ni avec éxactitude, ni avec agrément. La traduction d'un Livre Oriental en François, est donc un Ouvrage plus difficile qu'on ne pense : Quoique celui-ci ait été traduit du Vénitien, on ne doit pas croire qu'il en ait donné moins de peine.

Le Seigneur Annibal a tout confondu, & il n'a pas fallu un travail médiocre pour arranger les faits comme on peut croire que Kiloho-éé l'avoit fait. Au nom de Ginne peu connu parmi nous, j'ai substitué celui de Fée dont nous faisons communément usage.

b

Où j'ai pû retrancher les noms
barbares, je l'ai fait : La Ginne
Hic-nec-ſic-la-ki-ha-tipophetaſ,
formoit un nom inſuportable à
prononcer, je l'ai changé ; en un
mot je n'ai rien oublié de tout ce
qui pouvoit rendre cet Ouvrage
parfait, & je ne doute point
qu'il ne le ſoit. Je l'ai embelli,
en quantité d'endroits, de réfléxions également neuves, & ju-
dicieuſes. Il eſt écrit avec un
ſoin, une netteté, & une préci-
ſion merveilleuſe, & je ſuis per-
ſuadé que Kiloho-éé eſt infiniment inférieur à cette traduction,
quoique faite d'après une langue

que je n'entends presque pas.

Pour le fonds, il peut être ex-
travagant; mais c'est vrai-sem-
blablement la faute de l'origi-
nal. On auroit tort d'éxiger de
l'imagination d'un Chinois, la
régularité, & le goût qui bril-
lent dans nos Auteurs François,
qui toûjours compaffez, font
presque toûjours fort raifonna-
bles, & froids encore plus fouvent. Fondés en cela fur je ne
fçai quel précepte d'Horace,
que de bon cœur, je mettrois ici,
fi je m'en fouvenois parfaitement; mais cet Horace prétend
que la raifon foit égayée, &

n'ordonne pas qu'on ennuie ſes Lecteurs, à force de ſageſſe. Je ſuis, au fonds, très-perſuadé que ceux de nos Auteurs que nous trouvons ſi arrangez, voudroient pouvoir l'être moins, & pêcher un peu plus contre les régles. Leurs Ouvrages en ſeroient moins décents ; mais plus agréables, & mieux lûs.

TABLE

DES CHAPITRES.

LIVRE PREMIER.

TABLE

LIVRE SECOND.

DES CHAPITRES.

TABLE

TANZAÏ
ET
NÉADARNÉ.

LIVRE PREMIER.

CHAPITRE I.

Ce que c'est que le Prince Hiaouf-
Zélés Tanzaï.

Ans la grande Ché-
chianée, Païs aujour-
d'hui perdu par l'i-
gnorance des Géographes,

A

régnoit autrefois un Roy
nommé Cphaf ou Céphaès,
nom qui fignifioit dans la
langue du Païs, auffi ignorée
à préfent que la langue Pu-
nique , Bonheur du Peuple.
Nom augufte que le hazard
& la flatterie lui avoient peut-
être donné. Ce Prince ne fe
voïoit pour fuccéder à fa va-
fte puiffance qu'un feul fils,
pour lequel les Chéchianiens
avoient un refpect extraordinaire, & qui, dès fes plus tendres années, faifoit, fans qu'ils
fçuffent bien pourquoi, leurs
plus chéres efpérances. En ce

cems-là, les Fées gouvernoient
l'Univers.

On n'ignore pas que ces in-
telligences confultant plus le
caprice que la raifon, en devoient affez mal régler la conduite. Il eft rare qu'on n'abufe
pas d'un pouvoir fans bornes,
& quiconque peut faire tout
ce qui lui plaît, ne détermine
pas toûjours fes volontez fur
la Juftice. C'eft ce qui arrivoit aux Fées ; elles étoient en
grand nombre, connoiffoient
peu entr'elles la fubordination;
leur fexe, les intérêts qui l'a-
niment, peu importans quel-

que-fois, mais toûjours vifs;
la jaloufie du commande-
ment , celle de la beauté , l'envie de faire parler d'elles , la
fantaifie , qui pour des Déïtez
femelles eft un mobile confi-
derable , faifoient naître entre
ces Puiffances , les guerres les
plus fanglantes.

Le fils de Céphaès avoit été
reçu en venant au monde par la
grande Fée Barbacela , Prote-
ctrice déclarée de fa maifon depuis un tems immémorial. Elle
donna au jeune Prince , à caufe de fa grande beauté , le nom
de Hiaouf-Zélès-Tanzaï (rival

du Soleil) & le doüa en même tems de tous les avantages
qui peuvent élever un mortel
à la plus haute perfection : Il
fçavoit tout fans avoir rien ap-
pris ; chez les perfonnes d'un
haut rang, ce n'eft pas chofe
rare qu'elles croïent tout fçavoir ; mais Tanzaï n'étoit point
dans ce cas-là, & fes talens
étoient effectifs. Il poffedoit à
un point égal la Poëfie, la
Peinture, & la Mufique ; le
Lyrique, l'Epique, le Drama-
tique ne lui coûtoient pas plus
l'un que l'autre ; il ne réüffif-
foit pas moins dans le Badin,

& le puérile, & le Madrigal ;
l'Epigramme, l'Elégie , l'I-
dylle, l'Eclogue, l'Anagram-
me , & les bouts-rimez, lui
étoient auffi familiers que le
refte. Cependant, comme il
n'eft pas de génie univerfel ,
il ne pût jamais parvenir à
faire des Acroftiches : Quoique
fon goût le plus déterminé fût
pour la Poëfie, il ne négli-
geoit pas les autres Arts; tous
les curieux de Chéchian
avoient de fes Tableaux dans
leurs cabinets, & tous les *ex
voto* du grand Temple n'é-
toient peints que par lui. On

repréfentoit fouvent à Chéchian des Opéra dont il avoit
fait lui-même la Mufique, &
les paroles. On ne fçauroit
nier qu'il n'eut le meilleur
goût du monde, & rien ne le
marquoit mieux que la préférence qu'il donnoit à la Vielle
fur tous les autres Inftrumens.
Il avoit une fi vive paffion
pour elle, que Céphaès, qui
adoptoit aveuglément tous les
caprices du Prince, avoit fait
fufpendre dans les Tours des
Temples de Chéchian, au lieu
des timballes qui appelloient
auparavant les Peuples à la
A iiij

priére, des Vielles d'une groffeur énorme. Des Princes du
Sang avoient été chargez du
foin d'en joüer dans les occa-
fions néceffaires, & pour ce,
étoient décorez du titre fuprême de grands Vielleurs de l'E-
tat: cette charge devint une des
plus grandes du Royaume, & le
plus ancien des Vielleurs étoit
déclaré Connétable. Le Roy,
pour donner à cette dignité un
plus grand luftre, honora ceux
qui en étoient pourvûs, de la
culotte de peau d'Ours garnie
de Marons d'Inde. Honneur
qui peut paroître bizarre, mais

qui, selon les préjugez de ce
Peuple, étoit la marque de la
plus particuliere distinction.
Tanzaï répondoit aux bontez
de son pere avec cet attachement que donne une excel-
lente éducation; aimé des Peuples qu'il devoit un jour gou-
verner, l'objet des attentions
de la grande Fée Barbacela;
l'admiration de toute la terre,
rien ne paroissoit manquer à
son bonheur, cependant il
étoit né avec un cœur tendre,
& il ne lui étoit pas permis
d'aimer.

La Fée, sur je ne sçais quels

accidens dont le Prince étoit
menacé s'il aimoit, ou s'il se
marioit avant que sa vingtiéme année fût accomplie, lui
avoit expressément défendu
l'un, & l'autre, jusques au tems
où le destin le laissoit maître
de lui-même: ces ordres étoient
précis, & il étoit aussi dangereux pour Tanzaï d'y contre-
venir, qu'il lui étoit difficile
de s'y soumettre.   Comment
dans un Cour où tout respi-
roit le plaisir, où les femmes
joignoient à leurs agrémens
ce que la coqueterie a de plus
séduisant, où leur unique af-

faire enfin étoit d'exciter les
defirs, & de les fatisfaire, un
Prince jeune, aimable & fenfible, pouvoit-il garder long-
tems fon indifférence ? C'étoit
en vain qu'il auroit pû s'en
flatter. Auffi, Tanzaï fentant combien pour quelqu'un
à qui la vertu eft recomman-
dée, la Cour eft un féjour per-
nicieux, & accablé par tout
ou de regards tendres, ou de
déclarations preffantes, refo-
lut enfin d'en fortir, de fe
retirer dans un Palais qu'il
avoit fur les bords de la mer,
& d'en faire défendre l'entrée

à quelque femme que ce fût.
Cette résolution surprit extrê-
mément : on ignoroit les raisons de cette retraite, & les
femmes qui en furent cho-
quées, répandirent des bruits
fort desavantageux à Tanzaï
qui ne les sçut pas, ou qui ne
s'en embarrassa guéres. Il avoit
dix-huit ans quand il s'enfer-
ma dans cette solitude, & il
ne comptoit pas trois mois de
plus quand il s'en ennuïa.
Loin de ce Sexe charmant qui
l'occupoit déja tout entier, rien
ne l'amusoit, les ressources de
son esprit lui devinrent inuti-

les : Moins il connoiſſoit le plaiſir d'aimer, plus il s'en formoit une image flatteuſe. Cette union ſi tendre de deux cœurs que ſouvent il avoit peinte dans ſes Ouvrages, ces tranſports, cette volupté ſi vive de l'amour, devinrent enfin le ſeul bien dont il voulût joüir. Son ennui ne faiſant qu'augmenter, il prit le parti de dire à la Fée qu'il vouloit, & retourner à Chéchian & ſe marier, quelque choſe que le deſtin pût en dire. Barbacela n'oublia rien pour le détourner de cette idée ; mais malgré ſes remontrances, il fixa le jour de ſon départ. La Fée, ſans l'abandonner à ſon ſort, le plaignit, & réſolut de ſe ſervir de toute ſa puiſſance pour prévenir les malheurs qu'il devoit éprouver, ou pour les ſoulager du moins. Les Lecteurs aſſez patiens pour continüer cette Hiſtoire, verront dans la ſuite, combien ſervirent au Prince les précautions de la Fée.

CHAPITRE II.

Retour du Prince : Assemblée
du Conseil : Proposition de
Mariage : Arrivée des Prin-
cesses ; leurs agaceries , com-
me quoi reçûës.

L E retour du Prince don-
na lieu à de nouvelles
conjectures, & fût pour les
Politiques de Chéchian une
source inépuisable de raison-
nemens , & de chimères. Le
Peuple qui ne cherche jamais
tant à donner une cause aux
actions de son Souverain, que
quand elle lui est le plus ca-

chée, s'épuisa en considérations, & ne devina pas plus
les motifs du retour, que ceux
l'absence. Les femmes furent
moins embarrassées, & il n'y
en eût pas une qui ne crût que
Tanzaï brûlé d'un feu secret
que sa fierté avoit envain combattu, ne revenoit que pour
rendre à son vainqueur un
hommage qu'il ne pouvoit
plus lui refuser : Mais à propos
dequoi cette reserve ? Dans un
Rang aussi élevé, doit-on dissimuler ses desirs, & les Princes
font-ils faits pour un amour
timide ? Leurs idées n'étoient
cependant

cependant pas fans fonde-
ment. Le Prince étoit dévôt,
les perfonnes de cette efpece
peuvent être tentées, mais elles voîlent leurs mouvemens
plus qu'elles ne les combattent,
& ne s'oppofent à leur chûte
qu'autant qu'elle ne peut point
être ignorée. Combien ne doit-
on pas de Prudes à la crainte
de l'éclat ! Entre les femmes
qui prétendoient au cœur de
Zélès, fa Gouvernante croïoit
fes droits les mieux fondez,
& ne doutoit pas qu'au moins
par reconnoiffance, fi ce n'é-
toit par inclination, il ne lui

B

donna fes premiers foupirs, ou fes premieres fantaifies. Les Coquettes les plus expéri-mentées de la Cour fe difputé-rent aufli fa conquête, & éta-lérent à fes yeux tout ce que l'envie de plaire, a fait imaginer aux femmes, en mines, & en fa-çons. L'indifférence du Prince n'en fût pas ébranlée, il vou-loit une beauté modefte, fim-ple, qui ne tint rien de l'Art, & qu'il pût, fans l'offenfer, voir avant fa Toilette. Il propofa même cette épreuve, elle em-baraffa les prétendantes, quel-que bonne opinion qu'elles

eussent de leurs charmes, &
elles aimérent mieux renon-
cer au cœur de Tanzaï que
de se montrer à ses yeux telles
que les laissoient les veilles de
la Cour , & les fatigues de leur
état.

Le Roi cependant songeoit
sérieusement à marier son fils,
& comme c'étoit une affaire
importante, il voulût en con-
férer avec son Conseil. Les
Ministres Etrangers propose-
rent chacun la Fille de leur
Maître; ils étoient douze qui
pouvoient se flatter de cette
Alliance : mais Céphaïs ne

jugeant pas que ſon Fils pût
épouſer douze Princeſſes, ſe
trouva irréſolu ſur le choix.
Les Rois dont on lui offroit
les Filles étoient extrêmement
puiſſants, il étoit dangereux
de les mécontenter, & l'on
n'en pouvoit contenter qu'un;
jamais matiere plus ſérieuſe
n'avoit éxercé la ſageſſe du
Conſeil ; celle du Prince ſupé-
rieure à tout, lui ſuggéra alors
un parti convenable au bien
du Royaume, & à la Majeſ-
té des Rois voiſins : Il propoſa
que chacun de ces Princes
envoyât à Chéchian la Prin-

cesse qu'on lui destinoit pour
Epouse, qu'elles restassent toutes à la Cour treize Semaines,
qu'il en emploïeroit douze tour
à tour auprès d'elles, ou pour
mieux juger de leur mérite,
ou pour leur laisser la liberté
de décider sur le sien ; que la
treiziéme Semaine, après avoir
pesé mûrement la beauté de
leurs Personnes ; ou la douceur
de leurs caracteres, il déclare-
roit son choix : Qu'en agissant
de cette façon, aucun des Souverains, dont il étoit question,
ne pourroit imputer à mépris
le refus qu'il feroit de leur Al-

liance, puisque les seuls agrémens le détermineroient. Le
Conseil applaudit à la résolution du Prince; les Ministres
en firent part à leurs Maîtres
qui y souscrivirent. On tra-
vailla à loger dans le Palais
les beautez qui alloient l'occuper, & bien-tôt après on les
vît arriver. Les fêtes les plus
superbes signalérent le plaisir
qu'on avoit de les voir, on
représenta divers Opéra du
Prince qui fûrent tous admi-
rez par complaisance, ou par
justice. Tanzaï, au premier
coup d'œil, trouvant les Prin-

cesses également aimables,
auroit bien voulu les époufer
toutes ; mais le refpect des
Loix le retint ; & il fe contenta
de leur faire, tant en Profe,
qu'en Vers, les plus jolis com-
plimens du monde. Si les
Princeffes lui avoient plû, aucune de fes graces ne leur
étoient échappées, il plût à
toutes, & cette conformité de
fentimens augmenta l'aver-
fion qu'elles fe fentoient déja
les unes pour les autres. On
fçait affez de quoi les femmes
font capables quand elles ont
envie de s'enlever un amant,

mais comme on n'a jamais vû
un homme feul être l'objet des
vœux, & des adorations de
douze femmes, on dira fim-
plement qu'il y avoit douze
fois plus de haine, & de médi-
fance entr'elles qu'on n'en
voit d'ordinaire; par confe-
quent douze fois plus de mi-
nauderies qui tournoient toutes au profit du Prince que ce
manége ne laiffoit pas d'amu-
fer.

Quand une de ces Princef-
fes avoit trouvé une façon
nouvelle de marcher, de fe
compofer la bouche ou de
regarder,

regarder ; les autres pour ren-
cherir, devenoient louches , se
faisoient remonter la bouche
aux yeux , ou prenoient la dé-
marche du monde la plus ridicule : il en étoit ainsi du
reste, car sçachant que Tanzaï se piquoit de toutes sortes
d'Arts, elles étoient toutes
Poëtes , Peintres, Musicien-
nes , &c. & l'on ne sçauroit
imaginer combien cette ému-
lation produisoit de sottes choses en tout genre. Tanzaï craignant de leur déplaire par une
préférence qu'elles auroient
crû injuste , voulut que le

C

fort décidât entr'elles de leur
rang, & difpenſa ſon tems de
façon, que dans la journée il
ne voyoit uniquement que
celle qui étoit de ſemaine :
Il aſſiſtoit à ſa toilette, lui
donnoit la main par tout,
mangeoit avec elle ; mais le
ſoir, aux ſpectacles, ou au cer-
cle, il voïoit toutes les autres,
& c'étoit alors que ces rivales
l'éxaminoient, lui trouvoient
un air contraint & ennuïé,
& jugeoient à ſa phiſionomie,
que la Princeſſe en place, étoit
celle qui lui plaiſoit le moins.
Leur ſeule vanité leur faiſoit

cependant former ces conjectures, & les maniéres de Tanzaï, quoique fon cœur fe fût
déja déterminé, étant les mêmes pour toutes, devoit les
laiffer là-deffus dans une irré-
folution où il feignoit d'être
encore plongé lui-même.

CHAPITRE III.

*Amours du Prince : Sageffe
inoüie de Néadarné.*

ONze Semaines s'étoient
déja paffées, & la Prin-
ceffe qui échût à Tanzaï pour

la derniere, étoit celle pour qui, mais en secret, son cœur s'étoit déclaré. De quelque circonspection qu'il eût usé, son amour étoit sçû de la Princesse; celui qu'elle se sentoit elle-même l'avoit éclairée sur les sentimens de Tanzaï, & leurs yeux s'étoient mille fois déclaré leur tendresse, avant que leur bouche en eût prononcé l'aveu.

Tanzaï n'auroit pû faire un plus beau choix; le soin que toutes les Princesses prenoient de l'imiter, la jalousie qu'elles avoient contr'elle, prouvoit affez fon mérite ; il l'avoit lui-même remarqué dès le premier jour ; mais contraint par une loi qu'il s'étoit impofée, il avoit fallu qu'il attendit que le fort l'approchat d'elle. Enfin cet inftant heureux venoit d'arriver : Preffez tous deux de s'expliquer ce qu'ils fentoient, de fçavoir s'ils ne s'étoient point mépris à leurs regards, de joüir pour la premiere fois du bonheur fuprême de s'aimer fans contrainte, ils ne pûrent diffimuler leur joye.

Néadarné (c'eft ainfi que s'appelloit la Princeffe) jufti-

fioit les defirs de Tanzaï. C'é-
toit une Brune qui poffédoit,
avec les agrémens particuliers
aux femmes de cette couleur,
ceux qu'on admire dans les
Blondes: fes yeux noirs étoient
extrêmement vifs, mais depuis qu'elle avoit vû le Prince,
une tendre langeur en paroiffoit modérer l'éclat: Sa bouche qui ne s'ouvroit jamais
que pour dire les chofes les
plus brillantes, ou les plus fen-
fées, étoit agréablement cou-
pée, & ornée des plus belles
dents du monde; fa taillle haute, droite, & majeftueufe étoit

en même tems noble, & libre ;
ses jambes, & ses mains tournées
par les Graces, donnoient sur
tout le reste, les préjugez les
plus avantageux : toutes ses actions, tous ses discours avoient
une grace inexprimable ; elle
n'avoit recours, pour plaire,
soit pour sa figure, soit pour
son esprit, ni à cette pétulan-
ce affectée, qui est toûjours
aux dépens de la raison, &
de la bienséance ; ni à ces mots
entortillez, & à ce fade jargon
qui devroient être par tout
aussi méprisez, qu'ils sont ridicules. Quelle ame insensi-

ble ne fe fût émuë à cet objet !

Tanzaï ne vît pas plûtôt paroître le jour qui lui permettoit de parler à fa Princefle, que preffé par les mouvemens de fon cœur, il alla attendre fous fes fenêtres l'inftant où il pourroit la voir.

Néadarné auffi inquiéte que lui, s'éveilla auffi de meilleure heure que de coutume : Le premier bruit qui frappa fes oreilles, fût celui que Tanzaï faifoit en chantant amoureufement des Impromptu qu'il compofoit fur fa paffion : Elle fe leva précipitamment,

mais craignant que la décence
ne fut bleffée si elle paroiffoit
à la fenêtre, & ne voulant
pas d'un autre côté qu'elle lui
fit perdre l'occafion de parler
au Prince; elle fit faire tant de
bruit dans fon appartement,
que Tanzaï jugea qu'elle étoit
éveillée, & se préfenta pour
entrer. Néadarné qui ne l'a-
voit vû auprès de fes Rivales
commencer la journée, que le
plûtard qu'il pouvoit, augu-
ra bien de ce commencement:
Le Prince l'aborda avec le
trouble, & cet égaremens
qu'on n'éprouve qu'auprès de

ce qu'on aime avec tranſport.
Les femmes de la Princeſſe
s'étoient retirées. Comment
s'y ſeroit-elle oppoſée ? la loi
le vouloit.

Demeuré ſeul avec elle, il
n'en fut d'abord que plus timide : long-tems ſes yeux ſeuls
parlerent de ſon amour, & la
Princeſſe les entendit mieux
qu'elle n'auroit entendu ces
diſcours impertinens,& doux,
que la ſotiſe des hommes, &
la coqueterie des femmes ont
depuis imaginez. Ce ſilence
devoit pourtant ceſſer ; on admire quelque tems, mais en-

in on parle de ce qu'on admire; & ce que la Princesse mon-
troit d'appas aux yeux de Tanzaï, lui offroit une source inta-
rissable de plaisirs, & de loüanges; il se détermina. Puis-je
esperer, lui dit-il en bégayant,
& avec une contenance mal-
assurée, que vous ne vous
méprendrez pas à mes soins,
& que vous aurez assez de bonté pour y répondre? Ah Seigneur! lui répondit-elle, s'ils
sont sinceres, que ne devez-
vous pas en attendre? S'ils le
sont? ma Princesse! ah que ce
doute nous est injurieux! En

achevant ces paroles , il s'étoit
jetté aux genoux de Néadarné, qui contente de son Amant,
l'écoutoit avec cette complaisance que donne l'envie d'être
persuadée. Eh-bien ! je vous
crois, cher Prince ; lui dit-elle
tendrement, & comment a-
vec l'amour dont je brûle pour
vous , ne vous croirois-je pas ?
Recevez, ajoûta-t-elle en lui
tendant la main , les assurances de ma passion , parlez-moi
sans cesse de la vôtre ; quel
bonheur pour moi de vous
aimer éternellement!

Tanzaï accablé de l'excès de

fes plaifirs, baifoit la main de
fa Princeffe : Avec quel tranf-
port ne lui parla-t'il pas de la
premiére impreffion que fa vûë
avoit faite fur lui ? Du dégoût
qu'il avoit conçû pour fes rivales ? De la peine qu'il avoit eûë
à fe contraindre ; de fon impatience ; combien de fermens
d'aimer toûjours; que d'amour
éclatoit dans fes yeux : Que la
Princeffe qui attachoit fur eux
fes regards avides, y lifoit, & y
puifoit de tendreffe : tous deux
troublez, tous deux ennivrez
de délices, ne fentoient plus que
leurs defirs.

Tanzaï animé par tant de beautez, fûr d'être aimé, voulût profiter du défordre où il voïoit Néadarné : Il commença par un foûpir qu'il acheva fur fes lévres où l'Amour lui même le porta : elle auroit affûrément voulu s'en deffendre, mais il eft douteux qu'en pareille occafion on ait toutes les forces qu'on pourroit avoir; un Amant à qui l'on craint de déplaire, & qui n'a pas la même peur, eft plus fort par vôtre foibleffe, que vous n'êtes foible par fa force : quoiqu'il en puiffe être, le Prince éxigea

qu'elle lui confirmât le baifer
qu'il avoit pris; la vertu ne le
vouloit pas, mais l'Amour
l'ordonnoit, & il femble que
l'une n'ait été imaginée que
pour être fans ceffe facrifiée à
l'autre : Plus on a, plus on veut
avoir, un défir fatisfait en fait
naître un autre dans le cœur
d'un Amant : fur ce qu'on lui
permet, il voit ce qu'on peut
encore lui permettre.

La Princeffe étoit dans un
de ces déshabillez fi négligez,
que par la faute d'une épingle
qui vient à fauter, on expofe
plus de chofes, qu'on n'en def-

fendoit auparavant ; une tunique qui s'ouvrit fît voir au
Prince une gorge d'une forme
fi admirable, & d'une blancheur fi éclatante, qu'il ne pût
affez fe contenir, pour ne pas
avoir l'envie de perdre encore
le refpect : Néadarné avoit fi
long-tems combattu pour un
fimple baifer, qu'il jugea que
la moindre permiffion qu'il
lui demanderoit fur ce nouvel
objet qu'il découvroit, lui feroit
féverement refufée ; Réfolu
donc de ne devoir ce nouveau
plaifir qu'à lui-même, il y
porta les mains, puis la bouche

che, puis la Princeſſe, & lui ne
diſant mot , ne ſe regardant
plus, ne revinrent de leur ſai-
ſiſſement que pour recommen-
cer à s'y remettre : Qu'auroit-
elle fait ? elle avoit de la vertu , mais dans une ſituation
auſſi embarraſſante, tout ce que
peut une femme vertueuſe eſt
moins de mettre un frein aux
tranſports d'un Amant, que de
ſe ſouvenir qu'elle doit le faire.

La réfléxion eſt alors d'une
foible reſſource, s'il eſt vrai
encore qu'elle puiſſe naître
dans le ſein du plaiſir. Vient-
elle après, de quoi a-t'elle ſau-

D

vé? La Princeffe fe trouvoit
plongée dans un égarement
d'autant plus dangereux pour
elle, que c'étoit la premiere fois
qu'elle l'éprouvoit , & que
faute d'expérience , elle ne
pouvoit le combattre. La violence des defirs du Prince
commençoit cependant à l'é-
fraïer, & elle le repouffa dou-
cement ; mais étoit-il en état
de rien comprendre ? Dans ce
mouvement, fa jarretiere peut-
être mal attachée, tomba. Tanzaï, poli naturellement, & en
qui l'amour augmentoit le fçavoir vivre, s'offrit refpectueu-

fément à la placer : Le lui refu-
fér , c'étoit lui faire croire
cette faveur d'une grande conféquence , & lui donner plus
d'envie de la ravir : elle y con-
fentit donc, n'ayant pas le tems
de mieux faire ; lui qui n'avoit
jamais mis de jarretieres à
quelque Dame que ce fût , ne
fçachant où communément
on les plaçoit , & d'ailleurs
troublé au point, quand il l'auroit fçû , de ne s'en pas fouvenir , mit fi mal-adroitement
celle de la Princeffe, que pour
le coup un cri lui échappa :
Ses femmes venant à fa voix,

le Prince fût contraint de se
retirer. On demanda à la Princesse ce qui l'avoit obligée de
crier ; le moyen de le dire?
Les Princesses font ce qu'elles
veulent ; elle ne répondit rien,
& l'on en crût tout ce qu'on
voulut. Elle jugea à propos cependant de prendre des mesures contre les emportemens de
Tanzaï, elle ordonna à ses
femmes en soupirant de ne la
plus laisser seule avec lui, quelque chose que la Loi qu'il
avoit imposée en souffrit, &
resolut par vertu, de prendre
contre Tanzaï toutes les pré-

cautions que beaucoup d'autres femmes après une fem-
blable avanture, ne prennent
contre leurs amants, que par
coquetterie.

CHAPITRE IV.

Choix de Tanzaï : Présent de
l'Ecumoire.

CEux qui ne connoissent
que la nature & ses
mouvemens, croiront que si
le Prince fut fâché de se retirer, la Princesse ne le fut pas
moins de le voir sortir; peut-

être même penferont-ils qu'elle fe reprocha d'avoir crié affez haut pour qu'on l'entendît de fon antichambre. Ceux
qui portent leurs réfléxions
plus loin, diront que fa vertu
couroit trop de rifques dans
cette occafion, pour qu'elle
pût voir avec chagrin le départ du Prince, & pour ne fe
pas reprocher de n'avoir pas
crié affez-tôt. Tel eft le malheur des Héros dont on tranf-
met l'hiftoire à la poftérité. Le
Lecteur les juge bien moins
fur ce qu'ils auroient dû faire
dans le cas où ils paroiffent à

es yeux, que fur ce qu'il pen-
e qu'ils auroient pû faire : Il
e met de fang froid à leur pla-
e & dépoüillé des paffions
qui les animoient , les abfoût
u les condamne , fuivant le
uccès de leurs entreprifes , &
l'éxamine point fi les circon-
tances leur permettoient le
ems de délibérer , ou fi leurs
nouvemens leur laiffoient
eulement celui d'entrevoir la
éfléxion. Entre les perfonnes
qui lifent , il en eft peu qui
difcutent les faits avec jugement , & la plus grande par-
ie de celles qui en font capa-

bles, s'en acquitent souvent
avec injustice. On ne man-
quera donc pas ici de raison-
ner bien, ou mal sur Néadarné ; quoiqu'on en dise, qu'elle
ait crié trop tôt, ou trop tard,
il est sûr qu'elle a crié, & que
bien des femmes en pareille
occasion, s'en tiennent à la menace, ou ne l'effectüent, que
plus tard, & plus bas, que la
Princesse. Elle n'étoit pas encore bien revenuë de la fraïeur
que la vivacité du Prince lui
avoit causée, lorsqu'il revint
lui annoncer qu'il sortoit du
Conseil où il avoit déclaré son
choix.

choix. Enfin, divine Princesse,
lui dit-il, vous allez être à
moi, mon amour est trop violent pour s'assujettir aux Loix
qu'une prudence timide, &
aujourd'hui hors de saison,
m'avoit fait croire nécessaires.
On renvoye dès aujourd'hui
les Princesses qui prétendoient
à ma main. J'abrége mes chagrins de cette cruelle semaine
qui devoit me déterminer :
je n'ai plus à voir des objets
que vous me rendez odieux;
tout se prépare pour mon bonheur, & rien déformais ne
peut plus le reculer, puisque

E

vous confentez à le-faire. Ah !
Tanzaï, s'écria-t'elle, pourquoi
ne parlez-vous que de votre
félicité ? Oubliez - vous que
vous faites la mienne ? Le Roi,
qui en ce moment entra chez
Néadarné, interrompit la con-
verſâtion. Il venoit marquer
à la Princeſſe combien le choix
que ſon fils avoit fait d'elle,
lui étoit agréable. Ils réglé-
rent entr'eux le jour des Nôces
du Prince, & on le fixa au
commencement de la ſemaine
ſuivante.

Le Prince auroit bien voulu
qu'il eut été moins éloigné,

mais ce mariage devoit se faire avec tant de pompe qu'il
falloit attendre ce tems-là
pour que tout fût prêt. Toutes ces mesures prises, on annonça au Peuple que Tanzaï
prenoit pour épouse Néadarné, fille du grand Roi de Co-
capuchullm. Cette alliance lui
fut d'autant plus agréable que
ce Roi étoit en effet très-puis-
sant, que ses Etats touchoient
à la Chéchianée, & que Néadarné en étant l'unique heri-
tiere, ils s'unissoient après la
mort de ce Prince, sous Tanzaï, dont les forces devenoient

formidables. On donna
grandes loüanges au Prince,
& l'on attribua à sa profonde
politique, ce qui n'étoit qu'un
effet du hazard, & de l'amour.
Ce que le Peuple avoit pris si
bien, ne le fût pas de même
par les Princesses : Leur chagrin fût excessif, & il n'y en
eut pas une qui n'en eut pendant huit jours la migraine,
& les yeux battus. Quelques
Auteurs de ce tems-là avan-
cent même (ce qu'on peut
cependant ne pas croire) que
la douleur de ces Princesses,
& leur amour pour Tanzaï,

allerent fi loin, qu'il n'y en
eût pas une qui ne lui fît pro-
pofer fous-main un accommo-
dement. Epris comme il l'é-
toit de Néadarné, il y a peu
d'apparence qu'il eut voulu y
entendre, peut-être même ce
fait n'eft-il pas vrai ; ce qui
eft conftant, c'eft que fa fen-
fibilité pour leur défefpoir, ne
lui fît pas changer de réfolution. Au milieu de tant de
joye, des réfléxions triftes fur
les menaces de Barbacela, fe
firent fentir à Tanzaï ; il con-
fidéra que fans la confulter,
il avoit non-feulement choifi,

mais même annoncé son ma-
riage à tout le monde avant
de lui en faire part. Il craignît
qu'elle ne le punît, en ceſſant
de le protéger, du peu d'é-
gards qu'il avoit eus pour elle.
Il étoit occupé de ces idées,
lorſqu'on vint l'avertir que la
Fée étoit arrivée : quoique cette nouvelle le troublât, il alla
la trouver chez le Roi. Je ne
vous fais point de reproches
ſur le choix que vous avez fait,
lui dit elle, il eſt conforme
à mes intentions, mais je ſou-
haiterois que vous n'allâſſiez
pas plus loin, & que vous at-

rendiffiez auprès de Néadarné, que vous pûffiez la poffé-
der fans rifque. Le deftin ne
vous menace d'événemens fâcheux, qu'en cas que vous vous
engagiez à l'hymen avant votre vingtiéme année accomplie , & vous pourriez . . . . . .
Je fçais, Etre célefte, interrompit Tanzaï, ce que votre prudence, & votre bonté vont me
confeiller , mais je ne puis attendre.

Si je ne poffede pas bien-tôt
Néadarné , je meurs. Quelques affreux que puiffent être
les coups que le deftin me ré-

ferve, ils me le feront moins
que le plus leger retardement.
Je ne puis d'ailleurs imaginer
pourquoi le deftin eft fâché
que je me marie avant vingt
ans, & je ne fçaurois croire
qu'un événement qui lui importe auffi peu que celui-là, le
détermine à me perfécuter.
Mon fils, répondit la Fée, ma
fcience peut bien aller jufques
à prévoir les ordres du deftin,
mais la caufe m'en eft toûjours
inconnuë. Vous devez cependant penfer qu'il a fes raifons;
& obéïr fans les chercher,
c'étoit ce que j'attendois de

vous, sans l'espérer. Vos malheurs ne seront que trop réels ;
il est cependant encore malgré
votre mariage, un moïen de
les éviter, le voici :

La Fée, à ces mots, tira de
dessous sa robbe une écumoire
d'or de trois pieds de long, &
dont le manche rond étoit de
trois pouces de diametre; le
manche étoit percé, & le trou
n'étoit que comme il le falloit
pour qu'une chaine de pierreries le traversât. Quel est ce
Bijou ? Demanda le Prince.
C'est, reprit la Fée, ce que
mon amitié vous réserve, &

voici l'ufage que vous en devez faire.

Le jour de vos Nôces , vous
trouverez auprès du Temple
une petite Vieille , faififfez-
vous-en, & quelque réfiftance
qu'elle vous faffe , de quelque
priére qu'elle ufe , enfoncez
lui , fans pitié , le manche de
cette écumoire dans la bouche. Mais, Alteffe Ethérée, dit
le Prince , où trouverai-je une
bouche à qui ce manche puiffe
convenir ? Cette inquiétude
n'eft pas faite pour vous, reprit la Fée , auffi ne vous dis-je
pas que la Vieille ne fouffre

pas à foûtenir cette opération :
Ce n'eft pas tout. Dans l'inftant que vous aurez retiré le
manche de la bouche de cette
Vieille, vous irez le porter au
Grand-Prêtre à qui vous ferez
la même chofe. Le Grand-
Prêtre, s'écria le Roi, il n'y
confentira jamais : Avaler le
manche d'une écumoire ! je
ne fçais, reprit le Prince, ce
qu'il fera ; mais à fa place,
aucune puiffance ne m'y for-
ceroit. C'eft cependant ce
qu'il faut tâcher qu'il faffe,
dit la Fée, non par la violence, mais par la perfuafion &

les moïens les plus doux que
vous pourrez emploïer. Elle
feroit pourtant plus fûre, reprit Tanzaï, que tout ce que
vous dites ; Mais fuppofons
qu'il y confente, à quoi cela
me fervira-t'il ? A détourner,
répondit la Fée, les malheurs
qui vous menacent. Et fuppofons à préfent qu'il n'y confente pas ? Reprit encor Tanzaï. En ce cas, dit la Fée, il
faudroit ne pas achever votre
mariage, ou vous foumettre à
tout ce qui doit vous arriver
de funefte. Oh ! en ce cas-là
auffi, reprit-il, le Grand-Prê-

e avalera l'écumoire. Je vous
i dit, répondit-elle, qu'il ne
aut point que ce foit par vio-
ence. Mais, de bonne foi, dit
Tanzaï, croyez-vous qu'un
iomme à qui l'on fera une pa-
eille propofition puiffe l'ac-
epter ? Ce manche eft d'une
zroffeur fi monftrueufe qu'il
i'y a point de bouche fi énorme, où il ne trouvât encore à
fendre : Mais s'il m'eft défendu, ajoûta-t'il, d'ufer de violence, j'y puis emploïer l'a-
dreffe ; foit, dit la Fée ; mais
fouvenez-vous de ce que je
vous recommande ; tenez la

chofe fecrete ; attachez l'écumoire à votre boutonniere, &
foyez fûr que c'eft la feule
chofe qui puiffe vous tirer
d'embarras. Affurément, reprit le Prince, fi le deftin me
prépare des maux rares, il faut
avoüer qu'il m'ordonne des
remédes bien finguliers. Sou-
venez-vous encore, dit la Fée,
s'il vous arrive des chofes déf-
agréables de ne pas m'implo-
rer, & que je ne pourrai rien
pour vous. La Fée, en achevant
ces paroles, difparut, & laiffa
Céphaès, & Tanzaï, l'un dans
l'étonnement de l'écumoire,

x l'autre dans la réfolution
le s'en fervir de quelque ma-
niere que ce pût être.

CHAPITRE V.

Dépit de Rouſſa Blaffarda ; ſur
quoi fondé : Quelle eſt la con-
ſolation qu'on lui promet, &
qui.

L A nouvelle du mariage
de Tanzaï fût reçûë par
les Princeſſes, en public, avec
dédain, en ſecret, avec douleur. Quand ce coup n'auroit
mortifié que leur vanité il leur

auroit toûjours été cruël; l'a-
mour qui s'en étoit mêlé, le
rendoit infoûtenable, & avoit
laiſſé dans leur cœur des mouvemens que le dépit n'effaçoit
pas. Le féduiſant Prince de la
Chéchianée venoit avec tous
ſes appas ſe retracer à leur
imagination. L'une reliſoit
des vers qu'il avoit faits pour
elle, l'autre ſe rappelloit une
converſation qui n'avoit été
que galante, mais où elle trouvoit du ſentiment; celle-ci ſe
ſouvenoit d'un ſoupir, celle-
la d'un regard; celle qui n'a-
voit à ſe ſouvenir de rien, ne
laiſſoit

laiſſoit pas de ſe ſouvenir de quelque choſe. Toutes en général s'étoient crües préférées, & toutes mouroient de chagrin, tant d'avoir manqué Tanzaï pour époux, que d'une autre injure plus récente encore, & ſans doute bien piquante pour elles, puiſqu'elles n'ôſoient pas s'en plaindre. Entre celles qui ſe diſtinguoient par leur fureur, étoit l'altiére Rouſſa Blaffarda, Souveraine de l'Iſle Métiffao.

C'étoit la moins belle, & la plus fiére de ces Princeſſes; elle avoit en préſomption,

F

tout ce qui lui manquoit en
agrémens : Un air dédaigneux
répandu fur fon vifage, en
rendoit les charmes inutiles.
Elle fe croïoit de l'efprit, &
quoiqu'en effet elle n'en man-
quât pas, il étoit fi dur & fi
dénüé de graces, qu'on ne pouvoit l'entendre parler fans être
rebuté de la fécherefle de fes
expreffions, & de la rudefle
de fes idées. Sa taille étoit auffi
gauche que fon efprit ; elle ne
faifoit pas un gefte qui ne déplût, pas une mine qui ne fût
une grimace. Elle étoit à la
vérité, d'une blancheur écla-

tante, mais cette beauté étoit
payée par une couleur de che-
veux qui n'étoit pas du goût
de tout le monde. Aussi avoit-
elle un souverain mépris pour
les brunes, & trouvoit-elle
les blondes trop fades. Au
reste elle étoit cruelle, vindi-
cative, scélerate & perfide.
Telle que l'Histoire nous la
donne, elle s'étoit flattée que
Tanzaï l'aimoit, on n'a jamais bien sçu sur quoi elle se
l'étoit imaginée; il y a apparence que sa vanité, plûtôt que
les soins du Prince, lui avoient
fait naître cette idée ; mais el-

F ij

le s'y étoit si bien accoûtumée,
qu'elle regarda son amour
pour Néadarné, comme une
infidélité qu'il lui faisoit. Ce
qui la désespéroit le plus, étoit
d'avoir assez compté sur ses
charmes, pour avoir refusé le
secours d'une vieille Fée sa
nourrice, & son conseil, qui
étoit vénuë à Chéchian avec
elle, & qui lui avoit promis
de fixer pour elle les vœux de
Tanzaï. L'ambitieuse Princesse déchûë de ses espérances,
fut obligée d'avoir recours à
elle : Vous entendez, lui dit-
elle en frémissant de rage,

vous entendez les cris de joye de ce peuple, & je ne suis pas vengée ! Le perfide Tanzaï, & mon odieuse rivale triomphent ; ma douleur sans doute augmente leurs plaisirs. Ah ! verrez-vous avec tranquillité une Fête qui tous deux nous deshonore ? Mon injure n'est-elle pas la vôtre ? Depuis quand nos intérêts sont-ils séparez ? On m'outrage ! que dis-je ? On me porte un coup mortel, & mes yeux n'ont pas encore vû couler le sang de l'ingrat qui me trahit ? Ma rivale ne gémit pas encore dans l'horreur des fupplices ! Toute la nature n'eft pas armée pour ma vengeance ! Vous ! qui d'un feul mot, confondez les Elémens : Vous ! que j'ai vû, pour de moindres forfaits, prête à replonger le monde dans le cahos : Parlez, qui vous retient? Ce pouvoir formidable qui fait trembler toute la terre ceffet'il feulement pour moi? L'ingrat n'a pû m'aimer, & il refpire ! Ah ma Mere ! vous ne m'aimez plus : Ma douleur vous auroit touchée, animée de la même fureur que moi. Le perfide, ma rivale, ce Peu-

ple que je haïs, feroient vai-
nement cherchez dans l'Univers. Ah ma Mere ! m'aban-
donnez vous ? Que votre douleur eft injufte, ma fille, répondit la Fée. Croïez-vous,
fi je le pouvois, que je ne
vous euffe pas vengée au-delà
même de vos defirs ; mais un
pouvoir plus fort que le mien
m'empêche d'attenter aux
jours du traître Tanzaï.

Barbacela devant qui tout
tremble, & qui me fait moi-
même obéïr, protége ce cou-
ple odieux que votre haine
voudroit accabler : Invifible

auprès d'eux , elle les fauveroit
de mes coups, & rien ne pourroit me fouftraire à fa vengeance. Mais fi je ne puis rien contre leur vie, je puis du moins
empoifonner le bonheur dont
ils croïent joüir , & vous épargner le funefte fpectacle de
leurs plaifirs. Je vous aurois
fait préférer à votre rivale , fi
vous l'aviez voulu ; mais puif-
que ce mal ne peut pas fe réparer, foïez fûre que je les pu-
nirai de vos peines, & que ne
pouvant vous rendre heureufe, je les rendrai du moins
auffi à plaindre que vous. Ce
jour

jour fatal de leurs Nôces approche, vous apprendrez bientôt quel fera le genre de leurs
peines. Rouſſa contente des
aſſûrances que la Fée lui donnoit de la venger, ſentit ſon
cœur cruel moins agité ; &
réſoluë de diſſimuler ſon reſ-
ſentiment, attendît avec impatience une journée qui devenoit moins affreuſe pour elle, depuis qu'elle ſe flattoit d'y
voir éclater ſa vengeance.

❧❧❧❧❧❧❧❧ ❧❧❧❧❧❧❧

CHAPITRE VI.

Jour des Nôces : Toilette de Néa-
darné.

IL étoit enfin arrivé ce jour
marqué pour tant de joye,
la plus brillante Aurore venoit de l'annoncer ; un Ciel
pur & ferain fembloit témoi-
gner aux Chéchianiens que
leur Divinité s'intereffoit aux
plaifirs de leur Prince : le Singe confacré, augufte Protec-
teur du Païs, avoit fait trois
fois la culebute fur fon pied
d'eftail ; à la vérité, il l'avoit

faite du pied gauche ; mais loin
de prendre garde à ce pronofti-
que, tout fâcheux qu'il étoit par
lui-même, on crût que c'étoit
par inadvertance que le grand
Singe, qui avoit toûjours eû des
bontez particulieres pour le
Prince, avoit fait fa culebute
de travers. Ce qui le faifoit
penfer aux Sacrificateurs les
plus fuperftitieux, n'étoit pas
fans fondement. Le Soleil
paroiffoit fans aucun nüage:
Depuis huit jours, quoiqu'a-
lors dans une faifon orageufe,
le Tonnerre ne s'étoit point
fait entendre ; le mois dans le-

G ij

quel se faisoit cette Alliance
desirée, étoit le plus heureux
de l'année, & le Roi se trouvoit parfaitement guéri de son
rhumatisme ; ce qui, selon
une vieille prédiction, ne devoit arriver que lorsque son
Fils feroit un Mariage fortuné.

Déja les grandes Vielles
enchantoient le Peuple par
leur harmonie ; les ruës ornées
de feüillages, & de fleurs; les
habitans vétus d'habits superbes; la Milice sous les armes,
commençoient à donner aux
Spectateurs une idée pompeu-

fe des Fêtes de ce jour; le Temple retentiſſoit des vœux que
les Sacrificateurs y formoient
pour leurs Souverains : Tout
étoit prêt enfin, lorſque Tanzaï tranſporté d'amour, & de
joye, alla éveiller la Princeſſe.
Elle l'attendoit dans ſon lit :
lorſqu'elle le vît arriver, une
modeſte rougeur peignit ſon
viſage ; elle voulut lui faire un
compliment, mais l'Amour
faiſant expirer ſa voix ſur ſes
lévres, elle ne pût dire que
Ah Prince ! ah cher Prince ?
Tanzaï auſſi déconcerté qu'elle, ne pût lui rien répondre.

L'Etiquette des Rois de Chéchianée, étoit, que le jour de,
leurs Nôces ils habilloient feuls
la Reine fûture: mais il leur
étoit en même tems deffendu
de la part du grand Singe, de
s'abandonner aux defirs que
leur pouvoit caufer les agrémens qu'ils découvroient. La
Princeffe qu'on avoit inftruire des Coutûmes du Païs, vît
fans s'étonner fes femmes fortir de fon Appartement.

Tanzaï ne fût pas plûtôt
feul avec elle, quil profita,
malgré la modeftie de la Princeffe, de la commodité de l'E-

tiquette ; Ce ne fût pas fans
peine qu'il obtint la permiffion de tirer de fon lit cette
beauté dont il étoit idolâtre :
Elle difputa long-tems & en
perfonne bien née, les Préten-
tions du Prince : Malgré les
précautions qu'elle avoit prifes pour dérober à fon Amant
des charmes qu'elle devoit le
foir même lui abandonner ;
elle ne pût empêcher qu'il ne
la vît dans ce défordre où fe
met néceffairement quelqu'un
qui fe retourne fouvent dans
fon lit.

Quel objet pour Tanzaï !

& que les ordres du Singe alloient être mal-éxecutez , si la
religieuse Néadarné n'eût arrêté ses emportemens. Les gens
qui ont aimé aslûrent que c'est
un supplice beaucoup plus
grand pour un homme amou-
reux de voir des beautez dont
on ne lui permet pas l'usage ,
que de n'en pas voir du tout :
Si cela est vrai , lé Prince se
trouvoit dans une situation
gênante : Néadarné qui se sou-
venoit de ce qu'avoit pensé
causer sa jarretiere , éludoit
l'Etiquette tant qu'elle pouvoit
& ne se fut pas plûtôt apperçû

que les yeux de Tanzaï cher-
choient autre chofe que les
fiens, qu'elle répara promptement, ce qu'une trop grande
précipitation à tout voîler, a-
voit laiffé à découvert: Il feroit
fâcheux pour elle qu'on ima-
ginât qu'il y avoit de l'artifice de fa part dans cette occu-
rence: Dans ces tems-là, peut
être, on connoiffoit moins
qu'aujourd'hui en amour, l'art
de faire naître des defirs, qu'on
ne vouloit pas fatisfaire; Les
femmes même ont bien pû ne
le mettre en pratique que par
néceffité, & les Amans d'au-

trefois pouvoient n'avoir pas besoin d'un manége qui manque encore bien souvent sur ceux d'à present. Au reste, il est prouvé que Néadarné étoit assez vivement aimée du Prince pour n'avoir pas à se servir avec lui de cette coqueterie. Il poussa un cri affreux lorsqu'il vît la cruelle modestie de Néadarné lui enlever d'un seul coup tant de plaisirs. Ah barbare ! s'écria-t-il. Helas Prince, répondit-elle, & le Singe ? Si vous m'aimiez, reprit-il, ne l'auriez-vous pas oublié. Et c'est parce que je

vous aime, dit-elle, que ses
menaces me sont toûjours
présentes.

Tanzaï, en soupirant, la pres-
sa alors d'entrer au bain, mais
ils contesterent encore sur la
façon dont elle y devoit être.
L'opiniâtreté du Prince fut obligée de céder à la vertu de Néadarné ; il s'agissoit cependant
d'une tunique de bain que pendant long-tems il n'avoit pas
crû nécessaire, & qu'il voulut
mettre lui-même, quand il
fût convaincu de sa nécessité :
La Princesse y consentit, persuadée, que cela se pouvoit faire

avec décence ; & en effet il n'y
a rien à craindre, quand ce
n'eſt pas un amant qu'on charge de cette fonction. Néadarné avoit crû en être quitté
pour cette complaiſance ; mais
quand le Prince eut apporté la
tunique, une autre conteſta-
tion s'éleva encore. Il vouloit . . . . Que ne vouloit-il pas!
toutes choſes qui allarmoient
la pudeur de la Princeſſe, &
auſquelles aſſurément elle
n'auroit pas conſenti, ſi elle
avoit eû le tems de diſputer.
Il pût donc joüir de la vûë de
preſque tous les charmes de la

Princesse, & ne pouvant ni se
contenir tout-à-fait, ni s'abandonner absolument à son des-
ordre, il se contenta de l'accabler de ces caresses, que l'a-
mour ne fait jamais avec plus
de fureur, que quand on ne lui
permet pas d'aller plus loin.
Après, il la mit dans le bain,
mais lentement, & ne pou-
vant se lasser de l'admirer, &
de la tenir : A peine y fût-elle
qu'il murmura de ce que l'eau
qui l'environnoit, toute claire
qu'elle étoit, ne l'étoit point
assez. On ne sçauroit compter
toutes les propositions qu'il

lui fît, tous les écarts où il tomba, enfin jamais bain ne fût pris d'une façon moins tranquille. Elle en fortit pourtant, mal baignée ; mais convaincuë qu'elle étoit éperdûment aimée. Le Prince enfin après bien des peines parvint à la mettre en état de fortir du Palais : Elle n'avoit jamais été coëffée plus irréguliérement que ce jour-là, mais c'étoit l'amour qui y avoit mis la main, & on fçait affez que quand il fe trouve à une toilette, l'arrangement n'eft pas de fon reffort, ou qu'il n'eft

as bien violent quand il n'eſt
as bien mal-à-droit.

CHAPITRE VII.

uite du jour des Nôces, eſſai de
l'écumoire : Colere, & refus de
Saugrénutio.

LE bruit des trompettes ,
& des clairons annonça
u Peuple qu'il alloit voir ſes
Jaîtres. Néadarné conduite
ar le Prince, parût enfin ; ce
ui venoit de ſe paſſer à cette
oilette ſi pénible, lui avoit
aiſſé une rougeur qui au-

gmentoit fa beauté, & les de
firs de Tanzaï. Le Roi mont
avec eux dans le même char;
Prince étoit ce jour-là magni
fiquement vêtu, & fa fuperb
écumoire paffée en baudrier
attachée en haut par une chaî
ne de pierreries, & foutenu
par une agraffe de même ef
pece, relevoit infiniment f
bonne mine.

Néadarné, ainfi que tou
le monde, avoit toûjours éte
furprife du cas qu'il faifoit de
cet Inftrument, & perfonne
n'en fçachant la proprieté,
l'avoit attribué à ces fantaifie
qui

qui prennent quelquefois aux
Princes, qu'ils ne se soucient
pas de justifier, & dont on
n'ose leur demander compte.
Il n'y avoit pas un courtisan à
qui cette écumoire n'eut paru
ridicule, & qui n'eut voulu
cependant en avoir de pareil-
les ; & sans le Prince qui les
défendit, bientôt on n'auroit
vû que cela à la Cour. Néadarné résolue enfin de percer un
mystére qui inquiétoit depuis
long-tems sa curiosité, crût
avoir trouvé le moment favo-
rable pour se satisfaire. Source de ma joye, dit-elle au

H

Prince, en le regardant tendrement, ne me direz-vous jamais ce que veut dire cette
écumoire? Princeſſe, lui répondit-il gravement, c'eſt ce
qui doit décider du bonheur
de notre vie. Cette écumoire, reprit-elle, que peut-elle
avoir de commun avec nous?
Vous en allez être inſtruite,
répondit-il, & vos yeux ſe-
ront peut-être témoins des
événemens les plus ſinguliers.
En achevant ces paroles, ils
arrivérent au Temple. Le
Grand-Prêtre à la tête de tous
les Sacrificateurs, les y atten-

doit. Cet homme, qu'il eſt important de connoître, moins
attaché au culte de ſa divinité
qu'à ſes intérêts perſonnels,
n'étoit parvenu à la place qu'il
occupoit, qu'à force d'intri-
gues, & de ſoupleſſes. Péu
eſtimé, mais craint, il ſe ſer-
voit ſouvent d'un pouvoir que
la Religion rendoit abſolu,
pour combattre les volontez
du Roi même. Il étoit encore
jeune, & d'une figure agréable qui lui avoit peut-être plus
ſervi à la Cour, que toutes ſes
cabales. Mauvais Théologien,
mais ſéduiſant auprès des fem-
H ij

mes, rempliſſant mal les dé-
voirs de ſon état pour vaquer
trop bien à ceux qu'il s'impo-
ſoit avec elles, il avoit ſelon
le bruit public, paſſé de l'appartement d'une Princeſſe au Pon-
tificat de Chéchian; curieux
dans ſes habits juſqu'à la plus
exceſſive propreté; précieux
dans ſes diſcours, compoſé
dans ſes manieres, ſomptueux
en équipages, délicat dans
ſon luxe, aimant la table, aſ-
ſervi à toutes les paſſions,
Courtiſan adroit, Prêtre im-
périeux, bon Chanſonnier,
Conteur plaiſant, on avoit de

lui cent bonnes Epigrammes;
quant aux Homelies, il les laiffoit à fon Sécrétaire. Il étoit
vain, & aimoit à paffer pour
homme à bonnes fortunes, &
e piquoit par deffus tout, d'a-
voir la bouche, & les dents
d'une beauté finguliére. Tel
étoit le perfonnage qui attendoit le Prince. La premiére
chofe que fit Tanzaï en met-
tant pied à terre, fût de chercher s'il ne découvriroit pas
a Vieille dont Barbacela lui
avoit parlé.

Il l'apperçût enfin qui ca-
chée derriere les gardes, fai-

foit fon poffible pour lui écha-
per ; il courût à elle : Quelle
fût fa furprife quand il recon-
nut la nourrice de Rouffa. Il
ne l'en retint pas moins , mais
croïant qu'il falloit adoucir
par un compliment, la violence qu'il alloit lui faire : C'eft
avec un regret fenfible , lui
dit-il, que je me vois forcé
d'éxécuter fur vous les ordres
qui m'ont été prefcrits : Vous
m'obligeriez beaucoup, ma
bonne, fi vous vous prêtiez de
bonne grace à ce que je vais
éxiger de vous. Et de quoi s'a-
git-il donc ? Demanda la Vieil-

e: Au fonds, c'eſt une baga-
elle, reprit le Prince, vous
roïez le manche de cette écu-
noire, il faut permettre que
e vous l'enfonce dans la bouche. A moi, barbare! s'écria-
'elle. Point d'injures, reprit-il
ivec dignité, il le faut, &
puiſque vous répondez ſi mal
i mes bontez, nous allons
roir. Qu'on la ſaiſiſſe, ajouta-
'il. Alors la Vieille entre les
mains des Gardes, fût forcée
de céder aux volontez du
Prince. Quoiqu'avec la bouche qu'elle avoit, elle eut
moins à craindre qu'une au-

tre, le manche étoit d'une
groffeur fi prodigieufe qu'elle
ne pût le regarder fans effroi.
Tanzaï s'approcha, & malgré
la colere de la Vieille, s'ap-
prêta à lui faire fubir ce nouveau genre de fupplice. Quelque dextérité qu'il emploïât
à cette opération , quelque
énorme que fût la bouche à
qui il avoit affaire, il ne pût
fi bien s'y prendre qu'il ne caf-
fât à la Vieille les deux feules
dents qui lui fuffent reftées.
La moitié des affiftans rioit,
l'autre plaignoit la victime,
tous enfin ignoroient pourquoi

quoi le Prince se portoit à
cette violence ; le Grand-Prêtre, sur-tout, étoit surpris qu'il
se passât à la porte du Temple
une chose qui lui paroissoit
indécente ; il en murmuroit
tout haut, mais il fut bien plus
scandalisé quand Zélès ayant
retiré le Manche courut avec
promptitude, le lui porter :
Allons, lui dit il, que vôtre
Révérence se dépéche, tout
dépend de sa diligence. Quoi ?
dit Saugrénutio : Je dis, repli-
qua le Prince, que votre Révérence doit lêcher ce Manche.

Lêcher ce Manche ! dit le

I

Prêtre: Moi ? un Pontife ! vous n'avez pas efperé , fans doute, que j'accepterois cette propo- fition : Je vous affure que fi , reprit Tanzaï , & j'ai affez compté fur vous pour croire q e vous ne défobeïriez pas quand vous fçauriez que mon bonheur eft attaché à cette cé- rémonie ; j'attendois de vous plus de complaifance. Mais Pardieu , Monfeigneur , reprit Saugrénutio , Votre Alteffe n'y fonge pas ; outre l'hon- neur que je crois interreffé à ne pas obéïr , il faudroit , & n'avoir point vû la bouche

d'où fort ce Manche , & n'en
avoir point à conferver pour
fe foûmettre à ce que vous éxi-
gez : D'ailleurs, fi malgré la
largeur de la bouche de cette
vieille, le Manche n'a pû y
entrer fans lui caffer les dents,
que ne me feroit-il pas à moi
qui les ay toutes ? en un mot
je n'en ferai rien. Vous le ferez, répondit le Prince en
colere, mon falut y eft attaché, ajoûta-t-il en fecoüant
fa terrible Ecumoire, & je ne
prétens pas que vôtre fotte
répugnance me le coûte. Jour-
de-Dieu ! s'écria Saugrénutio,

fi Votre Alteffe m'approche,
je lui perdrai le refpect.

Tanzaï, pour punir ces in-
folentes paroles, voulut lui
donner du Manche fur les
oreilles, mais Saugrénutio s'é-
tant jetté au milieu des Sacrificateurs, fembloit l'attendre
de pied-ferme. Le Peuple toûjours fuperftieux, prenoit parti pour le Prêtre ; la Cour toûjours flateufe, fe rangeoit auprès du Prince; tout annonçoit la Guerre : Lorfque Tanzaï adreffant la parole au
Peuple, lui raconta de point
en point l'origine de l'Ecu-

moire , l'ordre qu'il avoit
reçû de Barbacela , de l'em-
ployer fur le Grand-Prêtre,
comme il l'avoit fait fur la
vieille , & le befoin où il fe
trouvoit d'obéïr pour éviter les
malheurs dont on l'avoit menacé.

Après que le Prince eût parlé , Saugrénutio demanda au-
dience; il dit qu'il étoit fans
exemple qu'on eût forcé un
Grand-Prêtre , un homme vé-
nérable par fon état , à com-
mettre une indécence de cette nature : Que fidéle aux devoirs de cet état même , il au-

I iij

roit obéï fans murmurer, fi
ce Manche en avoit fait une
partie, ou qu'il eût feulement
lû quelque part, qu'aucun
Grand - Prêtre, foit dedans,
foit dehors la Chéchianée, eût
lêché le Manche d'une Ecumoire, & fur-tout dans la fi-
tuation où il s'étoit offert à
fes yeux : Mais que dis-je ? lêché ! ajoûta-t-il : Plût au Ciel !
ô Chéchianiens ! qu'on ne voulût pas porter plus loin la violence ; il s'agit du traitement
le plus crüel : Ce qu'il en a
coûté à cette vieille, annonce ce
qu'il m'en coûteroit, les dents,

& l'honneur : Ventrebleu !
Chéchianiens ! je jure quand
j'y penfe : Le Prince affure
que cela lui eft néceffaire ; mais
faut-il qu'il achete fon falut
de ma perte ? Non , Meffieurs,
je n'y confentirai jamais , &
s'il prétend m'en parler encore, dès à prefent je le charge de
la malédiction du grand Singe , & je n'acheve pas fon
Mariage.

A cette fatale menace , le
Prince pâlit, Néadarné pleura,
leRoy frémit, le Peuple s'éton-
na , Saugrénutio fe calma.

Tanzaï preffé par fon amour

oublia les menaces de la Fée ;
ne vît que l'horreur de n'ê-
tre point uni à sa Princesse,
& jura au Grand-Prêtre qu'il
n'attenteroit rien contre lui.
Saugrénutio alors fît ouvrir
les Portes du Temple ; & la
joye, & la paix succéderent
à la douleur, & au trouble qui
venoient de les agiter. Néadarné qui mouroit de peur que
son Mariage ne fut reculé,
descendit de son Char, & Saugrénutio, rouge encore de colè-
re, les conduisit devant le
grand Singe en présence de qui
Tanzaï, & la Princesse devoient

former ces nœuds charmans
qui les unissoient pour jamais
l'un à l'autre.

CHAPITRE VIII.

Vengeance de Concombre : Re-
tour au Pálais ; ce qu'on y
apprend.

L E Mariage alloit se cé-
lebrer, lorsqu'on vint
avertir le Prince que la Vieille
qu'il venoit de maltraiter, demandoit en grace, & comme
un dédommagement, d'entrer

dans le Temple pour y voir la cérémonie. Il le permit avec d'autant plus de facilité qu'il vouloit lui faire ses excuses sur ce qui s'étoit passé.

Saugrénutio après avoir dévotieusement encensé le Singe, commença l'Hymne principal, & sans y penser, ouvrit si fort la bouche, que Tanzaï toûjours occupé de son objet, crût qu'il ne pourroit jamais trouver une plus belle occasion pour lui enfoncer l'Ecumoire Dans l'entousiasme où étoit le Grand-Prêtre, il y auroit réussi, si dans le moment qu'el-

é étoit presque sur ses lévres,
a Vieille n'avoit éternüé avec
ant de force, que Saugrénutio
ortant de son extâse, vît le
mauvais tour que le Prince
vouloit lui jouër; il pensa rom-
pre l'Assemblée, mais croyant
le Prince assez puni de voir son
dessein sans effet, il résolut
d'achever la cérémonie.

Il prononça donc tout haut
& sans altération apparente,
les Paroles sacrées. La vieille
pendant ce tems avoit proféré
à voix basse quelquesmots barbares; & Saugrénutio eût à
peine fini, que s'élançant lé-

gérement en l'air, elle cracha
au visage du Prince, & de Néadarné. Souviens toi, dit-elle à
Tanzaï, de ton Ecumoire,
& gémis à jamais de la vengeance de la Fée Concombre.
A ces mots elle se perdit aux
yeux des Spectateurs ; tous s'é-
pouvantérent de ce prodige ;
Néadarné pensa s'en évanoüir,
mais le Prince soutint en assez
mauvais Physicien que la vieille n'avoit disparu que par des se-
crets qui n'avoient rien que de
commun : Que quant à ce qu'elle avoit dit de sa vengeance, il
n'y avoit pas à s'en effrayer ;

puisque ni la Princesse, ni lui
n'en portoient pas encore des
marques.

On feignit d'être persuadé,
mais le Roi lui-même étoit
consterné, moins encore des
menaces de Concombre, que
de ce que le grand Singe n'a-
voit cessé de se mordre la queüe
& de se gratter la fesse gauche
pendant tout le tems qu'on
avoit été à l'Autel.

On sortit du Temple ; le premier soin du Prince fût d'en-
voyer à l'appartement de Rous-
sa pour sçavoir si la Vieille n'y
seroit pas retournée : il apprit

que d'abord qu'elle avoit difparu dans le Temple, on l'a-
voit vuë arriver chez Rouffa
dans un Char traîné par deux
Limaçons; Que cet équipage,
qui avoit fendu les airs avec
une rapidité furprenante, s'é-
tant abbatu fur le logement de
cette Princeffe, la vieille l'avoit
enlevée, & qu'elles avoient
difparu toutes deux.

Cette fuite chagrina le Roi
qui s'étoit flatté de retenir la
Magicienne jufqu'à ce qu'elle
eût levé le fort qu'il fe doutoit qu'elle avoit jetté fur les
deux époux : Il diffimûla ce-

endant ce qu'il en penſoit
aignant que de ſi triſtes con-
ctures n'achevaſſent de trou-
ler tout-à-fait les plaiſirs d'u-
e fête ſi auguſte.

Tanzaï tout rempli de ſon
mour, partageoit peu les in-
uiétudes de ſon Pere, il re-
ardoit ſans ceſſe ſa chere
Néadarné avec ces tranſports
reſſants que donne l'impa-
ience d'être heureux. La Prin-
eſſe dans un modeſte ſilence,
écoutoit avec diſtraction, &
aroiſſoit s'occuper de choſes
mportantes; Mais, Princeſſe,
ui demanda-t'il enfin, quel

les font les idées qui vous ren
dent fi réveufe? Je ne fçais
reprit-elle, fi je devrois vou
les dire. Seroit-il vrai, repli-
qua-t'il, que, comme je le
crains, vous ne vous fûffiez
donné à moi qu'avec répu-
gnance? Ah! s'écria-t'il, er
lui baifant tendrement la
main, raffurez-moi fur mes
craintes. Dites-moi que vous
m'aimez toûjours; Helas
quand vous ceffez de m'en af-
furer, je ceffe de le croire.
Découvrez-moi, du moins
ce qu'à préfent vous penfez
Il feroit, reprit-elle, difficile
de

de vous en inftruire. Je defire,
ajouta-t'elle en roûgiffant,
plus que je ne penfe : Ma pudeur inquiéte de vos mouvemens veut fe revolter contre
eux, & pour finir ce combat
je voudrois que les dieux ac-
courcîffent cette journée. Vous
parlez, & j'admire. Je vous
regarde, & je foupire. Vous
me touchez, & mon cœur fe
trouble. Ce baifer que vous
venez d'imprimer fur ma
main a pénétré jufqu'à mon
ame. Quand la violence de
vos defirs vous fait approcher
votre bouche de la mienne,

K

mon cœur tout entier y vôle, un doux frémissement s'empa-re de mes sens, & les confond. Ah Prince! ah seul délice de ma vie ! s'il est, ce que je n'o-se croire, s'il est de plus gran-des voluptez, comment les soutient-on sans mourir? S'il en est ! Reine de mon ame ! s'écria-t'il, ne le devinez-vous pas à vos desirs? ne le trouvez - vous pas dans les miens? Il est difficile de sça-voir comment cette conversa-tion auroit fini, si l'on n'étoit venu avertir que le festin étoit prêt. Tanzaï qui auroit mieux

aimé entendre sonner minuit,
que le dîner, s'y rendit cependant avec quelque sorte d'espé-
rance de convertir le Grand-
Prêtre. Il devoit se trouver au
repas, & quoique dans les con-
jonctures présentes, il se crût
mal à la Cour, il pensa en
habile Politique qu'il lui con-
venoit de dissimuler ses ressen-
timens. Le Prince qui avoit
résolu de le gagner par la douceur, s'il étoit possible, le
rencontrant dans le Salon, lui
demanda amicalement si par
son opiniâtreté il vouloit causer le malheur de sa vie. Prin-

K ij

ce, lui répondit Saugrénutio, je n'ai à vous dire que ce que je vous ai dit : Outre l'indécence dont cela feroit, le manche de cette écumoire est d'une grosseur qui ne me permettra jamais d'obéïr. Voilà donc, repartit le Prince, voilà les effets de ce zele que vous vous vantiez tant d'avoir pour moi! Sujet perfide ! . . . Point d'injures, repartit le Prêtre ; il n'en fera ni plus, ni moins. Mon respect pour vous est profond, mon attachement sincere ; mes intentions pures, mais je n'ai pas juré d'être la

victime des unes, ni des au-
res, & quand j'ai promis d'o-
béïr, il ne s'agiſſoit point d'é-
cumoire. Vous obéïrez pour-
ant, traître que vous êtes ! s'é-
cria Tanzaï enflammé de colére. Vous obéïrez, ajoûta-t'il,
en le faiſiſſant par le bras. Corbieu ! mon Seigneur, je n'en
ferai rien, s'écria Saugrénutio, & la violence ſera ici auſſi
inutile que la priére. Malgré
les efforts de Saugrénutio, le
Prince qui étoit vigoureux, lui
avoit déja porté ce manche
fatal près de la bouche, lorſque le Roi accourant au bruit,

remontra à son fils que la Fée
lui avoit défendu d'user de
violence, & que celle qu'i
faisoit au Grand-Prêtre le ren
droit odieux, sans qu'il en fût
plus fortuné. Bien en prit à
Saugrénutio que le Roi fût
venu ; le Prince le laissa, &
lui jura de n'y plus penser.
Saugrénutio rassuré, se mit à
table, bénit les plats, & la joye
commença à naître dans tous
les cœurs. Tanzaï, qui n'avoit
point perdu son dessein de
vûë, sûr de l'éxécuter si Saugré
nutio vouloit boire au point,
ainsi qu'il lui arrivoit souvent,

e s'endormir à table, avoit
bin de lui faire verfer plus de
in que la moitié des conviez
'en auroit pû prendre ; cette
récaution lui fut inutile. Sau-
rénutio mangea, chanta,
ût, parla, & ne s'ennivra pas.
e feftin finît enfin ; le refte
lu jour s'écoula dans les plai-
irs dont les Nôces des Princes
ont accompagnées : Qu'ils pa-
ûrent ennuyeux à Tanzaï !
ombien de fois ne fouhaita-
'il pas qu'ils finîffent ! Que la
Comédie, quoiqu'elle fût de
ui, lui parût longue ! Que ce
ût avec regret qu'il fe vit

contraint d'affifter au foûper:
Néadarné qu'il regardoit fan:
ceffe, partageoit fon impatien
ce. Le Roi, étourdîment propofa à fon fils d'aller au bal
mais Tanzaï que tout chagri-
noit, prît la Princeffe par l
main, donna le bon foir à Céphaès, & fe retira dans for
Appartement.

TANZAÏ
ET
NEADARNÉ.

LIVRE SECOND.

❊❊❊❊❊❊❊❊❊❊❊❊❊❊❊❊❊

CHAPITRE IX.

Nuit des Nôces.

 Inge lumineux ! Pere de la Nature ! œil vivifiant du monde ! Soleil ! retarde un peu ton retour, &

L

que s'il fe peutencor,tes raïons
divins éclairent les plaifirs de
notre Prince ! après cette exclamation de l'Auteur Chéchia-
nien que j'ai peut-être copiée
mal-à-propos , il répete, ainfi
que le Lecteur l'a pû voir dans
le précédent chapitre , que le
Prince emmena Néadarné. Il
la deshabilla , à ce que dit
l'Hiftoire , plus promptement
qu'il ne l'avoit habillée le matin. La Princeffe interdite, &
confufe , n'ofoit prefque le regarder. Les tranfports de Tanzaï l'étonnoient : Quelquefois
elle vouloit les contraindre,

mais le devoir s'oppofoit à fa
réfiftance , & l'amour plus
fort , & plus doux encore, ai-
doit à fa facilité , & nuifoit
à fa pudeur. Tanzaï parvint
enfin à la mettre fur la couche
nuptiale. Bientôt il vola auprès d'elle, il dévora des yeux
toutes les beautez que l'hymen lui foumettoit : Ce qu'il
voïoit , il le baifoit , ce qu'il
avoit baifé , il le revoïoit encore : Ses mains inquiétes s'é-
garoient par tout. Néadarné
fentît bientôt fuccéder à fa pudeur un fentiment inconnu
qui remplît toute fon ame,

L ij

elle foupira, & cédant à la
douce émotion que Tanzaï
faifoit naître, le baifer le plus
tendre déclara enfin fes tranfports. Déja les paroles les plus
flatteufes voloient, le bruit
des foupirs fe répétoit dans la
chambre, déja Tanzaï fe
croïoit au comble de fes vœux,
lorfqu'avec les mêmes defirs,
il ne fe fentit plus la même
puiffance. En vain, étonné
d'un accident fi peu prévû, il
ferra la Princeffe dans fes bras;
en vain, dans les plus tendres
careffes, il chercha un réme-
de à fon malheur, tout irri-

toit son ardeur, mais rien ne
lui rendoit ce qui pouvoit la
prouver à la Princesse : surpris
& confus de l'état où il se trouvoit, il se retira d'auprès de
Néadarné, comptant que cet
anéantissement se dissiperoit ,
& qu'elle aideroit elle-même
à le détruire.

Mais, quel fût son étonnement ! Quand implorant le
secours d'une main si chére,
il vit que ce seroit inutilement
qu'il voudroit l'emploïer ! il
ne s'offroit plus à ses yeux d'objet sur qui pûssent tomber les
bontez de sa Princesse ; il con-

nût enfin la conséquence de
sa perte, & moins elle étoit
ordinaire, plus il la jugea irré-
parable. O Singe ! ô juste Singe ! s'écria-t'il, ô ma Princesse !
ô jour à jamais éxécrable ! ô
abominable Prêtre ! Quel est
donc ce désespoir ? Dit la Princesse : Qui le cause ? N'y puis-
je prendre part ? Ah ! dit Tanzaï, mon malheur ne vous regarde que trop, je serois trop
heureux qu'il n'intéressât que
moi. C'est trop long-tems me
le cacher, reprit-elle: voyez
donc, dit le Prince, & jugez
vous-même, si mes plaintes ne

font pas fondées fur le plus
inoüi, & le plus crüel des accidens. La Princeffe alors le
confidérant avec attention, ne
laiffa point, quoiqu'elle ne
fçut pas, à ce qu'elle difoit, en
quel état il devoit être, d'être
fort furprife de celui où elle
le voïoit. O mon Prince ! dit-
elle en l'embraffant tendrement. Epargnez-moi, lui dit-
il, des careffes qui redoublent
mon infortune, ou plûtôt,
ajoûta-t'il en la preffant dans
fes bras, venez ; vous feule
pouvez me rendre ma premiere forme: Ah ! fi je ne la

retrouve pas avec vous , je fuis
perdu à jamais ! En achevant
ces paroles , il la remit fur la
couche nuptiale , & fentant
fubfifter fes defirs avec la même violence , il ne concevoit
pas comment ils ne lui ren-
doient rien de ce qu'il avoit
perdu. Il découvroit dans cette agitation des appas qui le
faifoient foûpirer de rage. Enfin, outré de fureur, & de laf-
fitude , il prît le parti de fe re-
coucher auprès d'elle , autant
embarraffé de ce qu'il feroit à
l'avenir , que de ce qu'il étoit
actuellement.

CHAPITRE X.

Suite de la nuit des Nôces : Tour
que jouë l'écumoire à Tanzaï.

ENfin , dit Néadarné au
Prince, ne me découvri-
ez-vous jamais la cause de
tout ce que je vois ? Ne me di-
ez-vous pas quel est ce chan-
gement de forme qui vous
coûte tant de regrets ? Au nom
de vous-même, cher Prince !
contentez ma curiosité. Je vais
vous satisfaire , dit Tanzaï ;
sans le vouloir, vous ajoûtez

à mes malheurs, & le déſeſ-
poir de les eſſuïer avec vous,
me les rend encore moins ſup-
portables ; vous que j'adore,
vous, l'objet de mes plus tendres vœux, vous! enfin dont
les attraits devoient me répondre d'un ſort bien différent
de celui que j'éprouve aujour-
d'hui.

Mais, lui dit Néadarné, ce
Malheur n'eſt-il arrivé qu'à
vous ? Il eſt arrivé, reprit-il,
qu'en pareille occaſion, d'autres que moi ont éprouvé une
langueur qui détruiſoit leurs
plaiſirs, mais ce··········iſſe-

nent caufé d'ordinaire par
rop d'amour, ne dûre pas; il
:ft du moins fufceptible de fe-
:ours, il fe répare par l'amour
nême, & votre compaffion
ne peut rien ici. Votre tendreffe, la mienne, tout m'eft
inutile : Apprenez quelle eft
mon infortune.

Alors, il lui raconta briéve-
ment les menaces de Barbacela; le don de l'Ecumoire,
l'ufage qu'il en devoit faire,
& la fureur où il étoit contre
Saugrénutio qu'il chargeoit
de l'événement de cette
nuit.

Jamais, ajoûta-t-il, je ne me ferois douté qu'une journée aussi glorieuse pour moi fut le commencement de mes malheurs, & se terminât d'une façon si crüelle. Ce jour que je devois croire le plus beau de ma vie, est le plus honteux pour moi, depuis que je respire; sans me vanter (peut-être se vantoit-il) je suis de tous les hommes, celui qui devoit le moins s'attendre à ce qui m'arrive aujourd'huy. Barbacela m'avoit doüé d'une façon si surprenante que ce qui m'étonne le plus, est que ce pré-

ent devenu cher à mes yeux
par la part que vous alliez y
prendre, ait difparu fans que
j'en aye rien fenti.

En achevant ces paroles,
les pleurs recommencerent :
Eh ! quoi, lui dit Néadarné
en l'embraffant, penfez vous
que cet accident diminuë l'a-
mour que j'ai pour vous ? non
Prince, s'il ne vous afflig oit
pas tant, j'en bénirois le Ciel.
Vos defirs fati faits, vous m'auriez peut-être moins aimée ;
Sans doute, c'eft un moyen
qu'il m'offre pour vous conferver toûjours : Il m'auroit

été plus doux de satisfaire vô
tre passion ; mais l'aurois-je pû
sans risquer de la voir s'étein
dre, & quoi de plus flateur pour
moi que de vous voir m'aimer
toûjours? Est-il pour des cœurs
délicats, une plus grande satis-
faction? Que sont, sans l'amour,
ces plaisirs que vous regrettez
tant? Non, cher Prince, il n'en
est pas qui vaille celui que je
prens à vous dire que je vous
aime. D'ailleurs qu'avons-nous
perdu? ces transports si tendres
que vous m'avez fait éprouver,
que j'éprouve même encore
auprès de vous, ne dépendent

int de ce que vous n'avez

us : N'ai-je pas toûjours le

aifir de vous embraffer ?

ous-même, ne me rendez-

ous pas mes careffes ? ne vous

ragerez-vous pas votre perte ?

Ah Néadarné ! s'écria doulou-

eufement le Prince ; que vous

endriez un langage bien dif-

erent , fi vous connoiffiez de

éputation feulement , ce dont

e déplore la perte. Soit, repri-

lle , je veux que vous en foïez

aftement affligé , je veux tout

perdre , mais notre union

l'en fera pas alterée.

Je le crois, répondit-il , mais

penſez vous qu'elle eût perd
de ſa vivacité , ſi je fûſſe reſt
ce que j'étois. Prince , lui dit
elle encore, au milieu de ce
embarras , les Dieux m'inſ
pirent une penſée ſalutaire
La Fée , en vous donnant l'E
cumoire , a ſans doute eû ſe
raiſons , un Préſent de cett
nature ſeroit trop ridicule ſ
elle ne lui avoit pas attach
une vertu particuliere : Ce qu
vous arrive, eſt l'effet de la co
le de l'infernale Concombre
?   is ſûre que l'Ecumoire,
         blement appliquée
              l'enchantement.

Puiſſen

Puiffent les Dieux ! s'écria
Tanzaï, vous payer de ce confeil. Que vous êtes heureufe
d'avoir dans une fi grande ca-
lamité, l'efprit auffi préfent ! Il
courût alors avec empreffe-
ment détacher l'Ecumoire, &
fe frottant de toute fa force,
il demanda à la Princeffe, fi
rien ne s'offroit à fes regards.
Dans l'inftant qu'elle lui répondoit non, le Prince voulant continuër le frottement,
trouva l'Ecumoire immobile ;
elle s'étoit incruftée dans fa
peau, & nuls efforts ne pûrent l'en arracher. De forte

M

qu'après des douleurs excessi-
ves, il fut contraint de la laiffer, fort embarrassé cependant
de ce qu'il en feroit, supposé
qu'elle lui restât. Le jour vint
enfin, Néadarné, accablée de
fatigues se laissa aller au som-
meil en exhortant le Prince
à en faire autant. Ses avantures l'occupoient trop pour
qu'il pût profiter de ce conseil,
& il emploïa le reste de la
nuit à de vains efforts. Ce qui
l'inquiétoit le plus étoit la façon dont il pourroit porter cette Ecumoire sans devenir la ri-
sée de toute la Cour : Il tâcha

le la plier pour la porter plus
décemment, mais toutes ſes
forces réünies ne pûrent jamais la faire pancher. Si à for-
ze, il l'approchoit de lui, elle
lui couvroit entiérement le viſage ; ce qui lui étoit d'une in-
zommodité inſupportable. En
ſe perdant dans ces deſagréa-
bles idées, il s'endormit. La
douleur, & l'accablement lui
procurérent un ſommeil ſi
long, que Néadarné éveillée
avant lui, eut tout le tems de
contempler le funeſte préſent
de Barbacela. Tanzaï, après
avoir eſſaïé differentes poſtu-

res, s'étoit enfin couché sur le
dos, & peu s'en falloit que dans
cette situation, l'Ecumoire ne
touchât à l'Impériale ; elle
étoit abîmée dans les idées que
cette vûë lui donnoit, & doutoit en elle-même si ce que le
Prince avoit perdu, valoit „
quoiqu'il en dit, ce qu'il venoit d'acquérir.

CHAPITRE XI.

Evénemens peu intéreʃʃans: Conʃeil aʃʃemblé, à quoi il ʃert.

IL y avoit déja long-tems que le Prince dormoit, lorʃque le Roi, inquiet du ʃuccès de cette nuit, entra dans l'appartement, ʃuivi de ʃon Capitaine des Gardes, & de la plus grande partie de ʃa Cour. Il ʃe mit à rire en voïant l'état prodigieux où étoit le Prince, & s'applaudiʃʃant du nouveau mérite qu'il lui découvroit, il badina assez sottement sur la nuit qu'avoit dû passer la Princesse. Les Courtisans stupéfaits de l'énormité de la chose, firent entr'eux des plaisanteries plus convenables sur ce que devoit être Néadarné après une pareille épreuve. Tous enfin, ne pouvoient concevoir comment le Prince avoit pû cacher si long-tems la majesté de ce qu'ils voïoient. Le Roi, revenu de sa premiére joye, ne trouvant pas naturel que son fils fût dans cette situation, alloit l'éveiller pour s'instruire plus à fonds de la chose, lorsque

éadarné dérangea le Pavil-
n , & fît voir, au grand éton-
ement de tout le monde ,
cumoire jufques à fa racine.
nge cruel ! que vois-je ! s'é-
ia Céphaès. Le Prince , ré-
illé à cette exclamation, fût
efefpéré d'avoir toute la Cour
our témoin d'un accident
n'il auroit voulu cacher à
ute la terre, mais, fe fervant
abilement de fon efprit dans
ne fi fâcheufe occafion , il
ît à fon Pere que depuis une
eure , Néadarné badinant
vec lui fur l'écumoire, l'avoit
effié de la faire tenir en équi-

libre où on la voïoit, que fur
le champ, il l'avoit convaincue
que la chofe étoit poffible, &
que s'étant après laiffé aller au
fommeil, l'équilibre, fans
qu'il fçut comment, avoit fub-
fifté. Les Courtifans firent
femblant de donner dans cette raifon, toute impertinente
qu'elle étoit, & chacun fe retira pour laiffer à la Princeffe
le tems de fortir du lit. Le
Prince feul avec fon Pere, lui
découvrît tous les maux qu'il
avoit foufferts, & finît par la
peine où il étoit de porter l'é-
cumoire fans que perfonne
s'en

s'en apperçût. Céphaès, après avoir beaucoup rêvé, proposa vingt moïens plus inutiles, les uns que les autres, & convint enfin, que le cas étoit embarraffant. Tanzaï penfa que l'écumoire pouvoit fe limer, mais ni lime, ni tout ce qu'on pût emploïer, ne l'entama. Le Roi ne fçachant plus qu'imaginer, dit qu'il alloit au Confeil, & laiffa les deux époux enfemble. Le Confeil affemblé, le Roi lui expofa ce qui étoit arrivé au Prince. Cette nouvelle ne furprît perfonne. L'équilibre n'avoit pas auffi

N

bien pris, que le Prince l'avoit cru, & le Peuple, pour le coup, avoit réduit la chose au simple; non qu'il sçut absolument ce dont il étoit question, mais un bruit sourd couroit dans la Ville. On disoit que le Prince avoit une écumoire attachée où Néadarné avoit dû croire trouver moins, & mieux. D'autres, mais on ne se le disoit qu'à l'oreille, affirmoient que Tanzaï étoit totalement transformé en Ecumoire, qu'on l'avoit vû se promener sur la terrasse de son Appartement, & qu'un Offi-

cier du Palais, lui avoit long-
tems parlé dans cet équipage.

Quelque impertinente que
fût cette rumeur, elle avoit
cependant pris force dans l'efprit du Peuple qui, fot pour le
moins, autant que crédule, n'a-
joûte jamais plus de foi qu'à ce
qui eft le moins vrai fembla-
ble. Le Confeil après avoir in-
ftruit le Roi de tous ces bruits,
donna fes idées fur l'accident
de Tanzaï. L'un dit qu'il falloit inventer un habillement
qui cachât cette difformité,
l'autre, qu'il falloit plier l'Ecumoire, un troifiéme dit, qu'il

falloit la limer , & l'avis de
Saugrénutio fût , qu'il falloit
confulter le Singe. Eh morbleu, s'écria alors le Roi, je
fçavois tout cela par cœur,
tâchez de me dire quelque
chofe que je n'aïe point penfé.
La prévoïance de Votre Majefté eft fi grande que … Mau-
grébleu du Confeil, dit le Roi
en colere, je n'en ai vû de ma
vie un fi butor. Mais que faire
dans cette extrêmité ? Tout ce
qu'il vous plaira, répondirent
ils. La colere du Roi étoit
montée au plus haut point,
lors qu'un des Confeillers,

jadis habile Chirurgien, dît
qu'il enleveroit l'Ecumoire à
la pointe du cizeau. Qu'en fai-
fant d'abord une incifion au-
tour, & creufant après par de-
là le *fcrotum*, il étoit fûr de
fon affaire, que le Prince, à la
vérité, pourroit n'en pas réve-
nir, mais que cela feroit toûjours une parfaitement belle
opération. La premiere idée
du Roi fût d'envoïer au fupplice cet impertinent, & il alloit prendre là-deffus l'avis du
Confeil, qui l'auroit fait pendre par complaifance, lorfque
Saugrénutio infiftant forte-

ment sur le Singe dit qu'il n'y
avoit pas d'autre moïen pour
remettre le Prince en état, que
de le faire expliquer sur sa
destinée. Le Conseil ne sçachant que dire, opina comme
lui, & se separa. Le Roi retourna auprès de son fils, & Saugrénutio alla au Temple, préparer
son Singe à rendre l'Oracle.

✤✤✤✤✤✤✤✤✤✤✤✤✤✤✤✤✤

CHAPITRE XII.

Oracle du Singe; départ du
Prince.

LEs malheurs du Prince
vengeoient trop bien
Saugrénutio pour qu'il y prit

une part bien fincere. Maître
de dicter les Oracles que le
Singe rendoit, ou de les in-
terpréter du moins à fa fantaifie, il réfolût de fe fervir de
l'occafion qui lui étoit offerte.
Cette réfolution n'étoit rien
moins que charitable; mais
Saugrénutio étoit offenfé à
la face de tout un Peuple, on
lui avoit fait un affront cruel,
& pour en tirer vengeance
avec moins de remords, il
avoit mis le Singe de moitié
de l'infulte qui lui avoit été
faite. Ce n'étoit plus lui qui
pourfuivoit le Prince, c'étoit

la divinité même qui devoit
s'armer : cette Divinité, qui
tranquile, & respectée dans son
Temple, s'inquiétoit peu, dans
le fonds, des chagrins qu'on
faisoit essuïer à son Prêtre. Saugrénutio étoit déja entré dans
le Sanctuaire, fort embarrassé
de la tournure qu'il donneroit
à l'Oracle, lorsque la Fée Concombre lui apparût. Je partage, lui dit-elle, ton ressenti-
ment : nous avons tous deux
la même injure à venger, fors
d'inquiétude, je dicterai moi-
même l'Oracle. Sois sûr de ma
protection, je te vengerai, te

lis-je. Saugrénutio tout dévot
qu'il étoit, remercia affectueu-
ement Concombre, & il étoit
encore occupé à la compli-
nenter fur fon bon cœur, lorfque le Roi entra. Il fe mit
alors à encenfer le Singe, &
quand il lui demanda tout
haut, ce que le Prince devoit
faire, Concombre invifible à
tous les yeux, prononça très-
intelligiblement, par l'organe
du Singe, ces paroles :

*Qu'il aille : Qu'il parcoure :
Qu'il couche : Qu'il revienne.*

Le Roi, fit de vains efforts
pour dévoiler cette énigme, &

moins inſtruit qu'auparavant
courût la porter au Prince, qui
toûjours occupé de ſon déſen-
chantement, fatiguoit en vain
Néadarné. Que veut dire cet
Oracle? dit Tanzaï, après l'a-
voir entendu ! Je ne l'entends
que trop ! S'écria la tendre
Néadarné: Plût aux Dieux,
cruels! qu'il fût auſſi obſcur
pour moi, que pour vous. Et
de quoi vous allarmez vous ?
Princeſſe, réprit Tanzaï. D'a-
bord, dit-elle, l'Oracle veut
que vous me quittiez, & ce
n'eſt pas le ſeul malheur que
ma tendreſſe me faſſe crain-

re. Vous devez coucher en
hemin…. Ah! dans l'état
à je fuis, s'écria le Prince,
evez-vous avoir cette inquié-
de? Vous pleurez, lorfque
deftin m'offre un moïen de
rminer nos malheurs, vous
aignez que je ne vous man-
ue de foi? Ah! penfez-vous?
uand on me deftineroit la
éeffe même de la beauté,
ue je pûffe vous oublier, que
fût l'amour qui me condui-
t dans fes bras, que votre
nage ne m'y fût pas toûjours
réfente, que fans cette char-
ante idée, je pûffe venir à

bout de ma guérison : Néadarné pleuroit, & ne répondoit rien. Le Prince, quoique
touché des ses pleurs, donna
ses ordres pour son départ &
après les plus tendres embraf-
sements, des assurances d'une
fidélité entiere, & du retour
le plus prompt, il sortît du
Palais seul, & à cheval, non
sans avoir été fort embarrassé
de son Ecumoire qu'il parvînt
enfin à mettre entre les oreilles
de son Courfier. Il pria encore son Pere, avant de partir, de
faire assembler les Etats, & les
Sacrificateurs, pour condam

ier Saugrénutio à l'Ecumoire
:n cas qu'il en fût débarraſſé.

❧❧❧❧❧❧❧❧❧❧❧❧❧❧❧❧❧❧❧

CHAPITRE XIII.

Avanture Miraculeuſe de la Fée au Chaudron.

LE Prince avoit déja par-
couru trois, ou quatre
Roïaumes, fort inquiet du tems
& du lieu où ſe termineroit ſa
courſe, lorſque paſſant dans
une Forêt fort ſombre, il vît
une bonne femme occupée à
faire boüillir dans un chaudron, des herbes qui jettoient

une écume extrêmemen
épaisse , & qui l'incommo
doit d'autant plus , qu'ell
n'avoit rien pour la chasser
Le Prince fût touché de la pei
ne qu'elle se donnoit: Vous m
paroissez , lui dit-il, vous fa-
tiguer beaucoup. Seigneur
répondit-elle, je ne suis embar
rassée , que parce que je n'a
point d'Ecumoire : Nous n
nous ressemblons pas dans no
peines , reprit-il, car si je sui
embarrassé , c'est parce que j'er
ai une. Ah généreux inconnu ! s'écria la Vieille , vou-
driez-vous me la livrer ? il n'y

rien que je n'en donnâsse. Je
e ferois pas fâché, repartit
Prince, de vous rendre ce
rvice, mais elle me tient de
çon que je doute que je pûsse
l'en défaire: Cependant je
uis écumer cette chaudiere,
uifqu'il vous importe fi fort
u'elle le foit. Il defcendît
ors de fon cheval, après
voir prié la bonne femme de
écarter, foit qu'il ne voulût
as lui montrer où tenoit l'E-
amoire, foit qu'il fût natu-
ellement modefte.

La Vieille s'écarta donc, &
Prince fe mît à écumer de

toutes ſes forces, en conduiſant
l'inſtrument avec ſes mains,
mais à peine l'eut-il fait un
minute, que l'Ecumoire ſe dé
tacha. Tanzaï, à cette vûë,
pouſſa un cri de ſurpriſe, & d
joïe, & la Vieille s'étant rap
prochée, il alloit lui conte
ſon Hiſtoire, lorſque l'inter
rompant : Prince, lui dit-elle
je vous connois; je ſçavois qu
vous deviez paſſer en ces lieux
& que nous nous y rendrion
un ſervice réciproque. Je ſu
une Fée, & pour donner à ce
herbes la vertu qui leur eſt n
ceſſaire, j'avois beſoin de l'E
cumoi

eumoire enchantée dont Barbacela vous a fait préfent. Je
ne vous ai pas été inutile : j'ef-
pere vous aider encore ; vous
allez dans l'Ifle des Coufins.
Vous me tirez d'une grande
peine ; je vous avoüerai que
je marchois fans fçavoir où
j'allois : Et comment arriverai-
je dans cette Ifle ? Il m'eft défendu de vous en inftruire,
reprit-elle : Autre embarras,
répondit-il ; penfez-vous que
je fiffe mal de m'en retourner :
Franchement, tout ceci commence à m'ennuïer ? Ne pour-
riez-vous pas du moins me

O

dire ce que j'y vais faire? L'O-
racle du Singe ne vous en in-
ftruit-il pas affez ? Vous allez
en bonne fortune : En bonne
fortune ! dans l'Ifle des Coufins ! s'écria-t'il ! & dîtes-moi ,
s'il vous plaît , quelle eft la
beauté qui y habite ? Sans vous
en inquiéter plus, fongez , dit-
elle en riant , à ne pas manquer de courage. Vous me
donnez , répondit-il , mau-
vaife opinion de ma conquête , & toute femme avec qui
l'on a befoin de courage , n'eft
pas celle qui l'excite le plus :
Mais, quels font donc ces in-

ortans services que vous me
:ndrez ? Vous m'avez , à la
érité , débaraffé de mon Ecu-
ioire , mais je n'en fuis pas
our cela plus avancé : Que
oulez-vous qu'on faffe de
ioi dans l'état où je fuis ? pour
eu que vous priffiez intérêt
la Dame qui me fait voya-
er depuis fi long-tems, vous
evriez bien me mettre en état
e paroître décemment de-
ant elle. Cela m'eft impoffi-
le , repartit la Fée ; la Dame
jui vous aime, a feule le pou-
roir de vous rendre ce qui
'ous manque; cependant com-

me la timidité pourroit nuire
à votre guérison, & qu'il est
important qu'elle n'ait rien à
vous reprocher, je vais vous
donner un flacon de cette eau,
vous verrez que c'est avec raison que nous l'appellons l'eau
de Santé. Avant de vous mettre au lit, la nuit de votre
désanchantement, ne man-
quez de boire tout ce que je
vais vous en donner. En ce
cas, reprit le Prince, vous pourriez étendre plus loin votre
générosité, ce n'est pas que je
croie avoir ordinairement
grand besoin de cette eau de

Santé, mais en cas que cela
arrivât, je ne ferois pas fâché
d'en avoir une plus ample pro-
vision. Je vous entends, &
vous exauce, reprit la Fée : à
votre retour à Chéchian, vous
en trouverez trente bouteilles
dans votre cabinet. Adieu. Le
premier Coufin fcellé, & bri-
dé qui s'offrira à vos regards,
vous conduira où vous devez
aller.

Alors elle difparût, & le
Prince après avoir ferré fon
flacon, & rattaché fon Ecumoire, remonta fur fon Courfier, moins occupé de fa guéri-

son prochaine, que de la façon dont elle lui feroit procurée.

CHAPITRE XIV.

Arrivée du Prince dans l'Isle des Cousins.

A Peine, Tanzaï avoit-il fait quelques lieuës, qu'il rencontra le Cousin qui devoit le voiturer ; il étoit trois fois gros comme son cheval, & il pensa mourir de peur à l'aspect de cette énorme bête ; cependant il se remit, & descendant promptement, il s'a-

andonna avec toute l'intré-
idité d'un Héros, à la bonne
ɔi de l'animal qui ne le sentit
as plûtôt sur lui, qu'il l'em-
orta dans les airs. La nuit
int que le Prince n'étoit pas
ncore au bout de son voïage:
l commençoit à croire qu'il
e finiroit pas, lorsque le Cou-
in s'abbatît dans une Isle où
on entendoit un bourdonne-
nent à en devenir sourd : Il
e douta pas qu'il ne fût dans
'Isle des Cousins, & l'inquié-
ude de ce qu'il alloit y faire
e tourmentant, il se laissa me-
ier par son Conducteur jus-

ques à un Palais superbe.

Beaucoup de Cousins riche-
ment vêtus vinrent les recevoir à la porte ; beaucoup d'autres joüoient de toutes sortes
d'instrumens. On sçait que
les Cousins ont naturellement
la voix harmonieuse : Ceux
d'entr'eux qui sçavoient la
musique, se mirent à chanter
les loüanges du Prince, & for-
merent le plus singulier con-
cert qu'on puisse jamais entendre. Tanzaï, déja rassuré par
cette obligeante réception, fût
conduit dans des Appartemens
superbes, où des choüetes mises

très-

très-galamment, vinrent lui faire la révérence. Une d'elles, après les premieres cérémonies, lui demanda avec une voix touchante, s'il ne vouloit pas entrer au bain ? Etourdi de la nouveauté de l'avanture, il fît signe de la tête qu'il le vouloit bien. Les choüetes s'avancerent alors pour le deshabiller. Mesdames, leur dit-il, il me paroît peu séant que vous vüeillez-vous donner ce soin.

Nous ne le prendrions pas avec un autre, sans doute, reprit la Cameriére, mais nous sçavons que vous ne pouvez

P

pas allarmer notre pudeur.
Tanzaï rougît à ces paroles,
& n'ayant rien de bon à y répondre, se mit au bain, se ca-
chant avec plus de soin qu'il
n'en auroit peut-être apporté,
s'il eut eû dequoi en prendre. Voilà, Seigneur, lui dit
la railleuse chöuete, une bien
loüable modestie, mais elle
ne me surprend pas de vous: De
tous les hommes, vous êtes
assurément le plus rare. Assurément aussi, dit Tanzaï en
colére, cette rareté que vous
vantez tant, cesseroit moins
pour vous, que pour qui que

ce pût être. Prince, repliqua-
t'elle, cette réponse est peu
polie.

Eh corbieu ! dit il , depuis
deux heures, vous me tenez de
mauvais discours. Ecoutez,
n'ajoûtez rien à ma mauvaise
humeur, je ne suis point accoutumé à respecter des hi-
boux. La choüete enfin craignant d'aigrir trop le Prince
se tût, & Tanzaï sortît du bain,
parfumé comme un homme
que l'on réserve aux plus douces avantures. A present, dit-
il, à la choüete, contentez, de
grace, ma curiosité. A qui dois-

je ici des soins ? A qui appar-
tient ce Palais ? Que veulent
dire ces singularitez ? Des
choüetes parlantes, des Cousins armez, que me veut-on ?
Qui êtes vous ? Pourquoi vous-
même, êtes vous si extraordi-
nairement parée? Suis-je, répondit l'Oiseau, la premiére
choüete que vous aïez vûë
avec des ajustemens ? Mais
sans vous inquiéter de tout ceci, formez-vous les plus douces ideés, & par une recep-
tion aussi brillante, jugez de
ce qu'on veut faire pour vous.
Croïez que les agrémens de

celle qui vous aime , vont de
pair avec fa puiſſance : Imaginez ce que les cieux ont formé de plus beau , & vous ſerez
loin encore des appas qu'on
veut bien vous ſoumettre.

Je ne vous dis rien de plus ,
vous jugerez du reſte par vos
yeux ; la beauté qui vous eſt
deſtinée , paroîtra cette nuit
à vos regards ; elle ſeule , peut
vous remettre dans un état qui
vous étoit bien cher apparemment , puiſque vous ſupportez
avec tant d'impatience qu'on
badine avec vous ſur ſa perte.
Tanzaï , à qui les diſcours de

la Fée au Chaudron, n'avoient
pas promis un bonheur si parfait, sentît ses inquiétudes s'a-
doucir par les plaisirs que lui
annonçoit la choüete ; il crût
enfin qu'une divinité brillante
lui accordoit l'honneur de sa
couche ; que ce cas n'étoit pas
étrange , & qu'une Déesse s'a-
baissoit moins en descendant
jusques à un Prince, que quantité de femmes titrées à qui
l'amour, & l'extravagance,
font faire , tous les jours, des
pas plus choquants. Cette nuit
qu'il alloit passer lui paroissoit
si charmante qu'il en oublioit

prefque celle où la tendre Néadarné lui prodiguant tous fes
charmes, l'avoit trouvé fi in-
capable d'en profiter. Il fe flattoit même que fa Princeffe qui
étoit ce que les Dieux avoient
formé de plus parfait, n'ap-
procheroit pas des beautez qui
alloient fe trouver en proïe à fes
defirs : fon amour pour elle en
diminua, & s'il fe fentît quelques tranfports, ils fûrent tous
pour la Déeffe. Aveuglement
ordinaire des amans ! qui fa-
crifient fouvent à l'idée qu'ils
fe forment d'une conquête
nouvelle, la maîtreffe dont ils

connoiſſent le plus le cœur, & les charmes. La choüete voïant rêver Tanzaï: Prince, lui dit-elle, je conçois toutes les réfléxions qu'une avanture auſſi flateuſe vous fait naître, mais prenez un air plus guai, votre maîtreſſe hait mortellement les gens taciturnes, & je ſçais plus de mille amans qui par ce défaut ont perdu ſes bonnes graces. Mille amans! s'écria Tanzaï, c'eſt une façon de parler. Non aſſurément, reprit la choüete, je n'éxagere pas, deux mille vous ont précedé, deux mille &

lus vous fuivront, & ce grand
ombre d'Adorateurs dóit
ous prouver l'excès des char-
nes de la Déeffe ; & fa bonté,
joûta-t-il. A ce que je vois, ré-
rit la choüete, vous aimez
ès conquêtes neuves ; je vous
onfeille cependant de n'être
as fi délicat dans le monde,
ous courriez rifque d'y de-
neurer oifif. Contentez-vous
ependant de la nuit qu'on
veut bien vous donner, & du
oin qu'on prend pour quelqu'un qui, puifqu'il faut parler
franchement, pourroit bien
ne le pas juftifier. Je vous ai

déja dit, Mademoiſelle, que
votre air d'aigreur, & vo
mauvaiſes plaiſanteries me dé
plaiſoient; finiſſez, ou je vous
quitte. Il y a apparence que la
choüete qui faiſoit la précieu-
ſe, & le bel eſprit, ne s'en feroit pas tenuë-là, ſi le Couſin,
maître d'hôtel, ne fût venu annoncer qu'on avoit ſervi. Le
Prince ſe mît ſeul à table : On
imaginera facilement le goût,
& la magnificence du repas,
l'amour l'avoit ordonné. Tanzaï qui n'avoit jamais appli-
qué ſa morale à corriger ſa
gourmandiſe, mangea beau-

oup, caufant de tems en tems
vec la choüete, quoique dans
: fonds, elle lui déplût. Le feſ-
n finît enfin, & le Prince le
ermina par ſon eau de Santé.
.a choüeté ſe mît à rire déſa-
réablement. Prince, lui dit-
lle, vous avez beſoin de pré-
aution, & cette liqueur eſt
ans doute, un préſervatif
:ontre vos accidens ordinai-
:es : Quoiqu'il en ſoit, reprit-
l, & quelque fût ſa vertu, el-
e échoüeroit ſans doute con-
:re une phyſionomie comme
la vôtre. Elle peut n'être pas
belle, reprit la choüete, mais

vous aurez peut-être en votre
vie des occasions où vous sou-
haiterez d'en trouver une pareille. Vous ne vous êtes pas
bien vûë, répondit Tanzaï,
ou vous avez un ridicule
amour-propre.

CHAPITRE XV.

Comme quoi l'on se trompe à ce
qu'on imagine.

ON vint en cet instant dire au Prince que sa Déïté
seroit bientôt visible. Son cœur
s'émut à cette nouvelle; la cu-

ofité , un fentiment encore
us vif, le troublérent, & il
 laiffa deshabiller par les
nouetes, fans proférer une
ule parole. Quand elles l'eu-
ent mis en robbe de chambre,
lles le conduifirent dans un
ppartement fuperbe où les
arfums qui brûloient dans
es caffolettes d'or, embau-
noient l'air , & faifoient ref-
pirer les odeurs les plus volup-
ueufes. Plein d'inquiétude,
& de defirs, après avoir tra-
verfé cinq ou fix grandes pié-
ces, il parvint enfin dans la
chambre où la Déeffe étoit

couchée. Un lit brodé d
pierres les plus précieuses, fou
tenu par des calomnes de rubi
renfermoit cet objet miracu
leux. Le Prince, quoiqu'ébloü
& arrêté d'abord par un fpe
ctacle fi brillant, ne laiffa pa
de chercher des yeux ce chef
d'œuvre fi vanté ; il voïoit d
loin quelque chofe qui fe re
muoit dans le lit, mais c'étoi
une figure fi informe qu'il ne
douta pas que ce qu'il voïoi
ne fût la Guenon de la divinité : il approcha, & la choüete
fe retira, après lui avoir donné
le bon foir. Tanzaï confumé

e defirs, mais retenu par fa
midité, reftoit à la place où
choüete l'avoit laiffé. Ve-
ez, Prince, lui dit-on, & ne
erdez aucun de ces momens
récieux que l'amour vous
onne : il obéït, & fe jetta avec
récipitation dans le lit.

Quand il y fût, on fe retour-
a, & fa furprife ne fût pas
etite, quand à travers le
lanc, le rouge, les rubans,
s dentelles, il reconnût la
ée Concombre : C'étoit elle
n effet qui pour le recevoir
lus décemment, avoit orné
es oreilles de choüete, des plus

belles pierreries. Sa tête pelée
étoit couverte d'un tour blond
mâronné, garni par tout, de
fleurs, & d'aigrettes, & quoiqu'elle fût coëffée en arriére,
elle avoit mis par-deſſus cette
parûre, pour ſe donner un
air plus touchant, une petite
coëffe blanche mouchetée de
couleur de roſe, avec un de-
ſéſpoir de même couleur, ga-
lament noüé ſous le men--
ton. Au milieu de ce paquet
ridicule, étoit une ſorte de vi--
ſage où l'on diſtinguoit des
yeux éraillez, rouges, & épe--
ronnez. Un nez d'une gran--
deur

deur énorme, & couvert de
verrües, alloit se perdre tendrement dans une bouche lâ-
che, & enfoncée qui laissoit
pendre des lévres violettes, &
présentoit aux yeux une mâ-
choire dégarnie qui, par laps
de tems, avoit même perdu
son coloris naturel. Ses joües
pendantes reposoient molle-
ment sur son oreiller ; une
quantité innombrable de mou-
ches, & d'assassins de differentes espéces, couvroit une peau
noire, & tachetée, dont les ri-
des, & la lividité perçoient
au travers de la pommade

Q

huileuſe qui les déguiſoit. Un
eſclavage de diamans , & de
perles à gros glands , lui deſ-
cendoit ſur la gorge. Ses tê-
tons aſſez dociles pour pendre
au moins d'un pied & demi ,
ſortoient d'un corſet garni de
dentelles friſées , & étoient
noüez en trois endroits avec
de la nompareille couleur
de roſe. Tanzaï interdit à cet
aſpect auroit fuï , ſi la fraïeur
qu'il lui inſpiroit, lui en avoit
laiſſé la force: Il étoit d'ailleurs
étouffé par une puanteur inſupportable, qui malgré les
parfums, dont la Fée s'étoit

fait oindre, rempliſſoit toute
la chambre : Ciel ! diſoit-il, en
lui-même, voilà donc l'objet
qu'on me deſtine ? ô Néadarné ! c'eſt donc ce que la nature
a formé de plus hideux qui
vous a balancée, que dis-je,
qui vous a anéantie dans mon
cœur. Juſte Singe ! quelle bonne
fortune ? Si le Prince avoit voïa-
gé, il auroit ſçu que celles dont
nos Petits-Maîtres ſont ſi fiers
reſſemblent ſouvent à la ſien-
ne. Il n'étoit revenu ni de ſon
dégoût, ni de ſa terreur, lorſqu'une voix rauque, & caſſée
ſortant de cet effroïable ſque-

lette, lui adreſſa ces douces paroles : Vous voïez , Prince , ce que je fais pour vous , & quel eſt l'excès de ma bonté ! Vous n'auriez pas dû croire après l'affront ſanglant que vous m'avez fait , après la vengeance dont il a été ſuivi , que mes reſſentimens ſe terminaſſent à vous admettre dans mon lit.

La même main qui a cauſé vos larmes , ſe préſente pour les eſſuïer ; vous vous feriez expoſé aux dangers les plus affreux pour redevenir ce que vous étiez , & c'eſt dans le ſein des plaiſirs que vous allez re-

prendre votre premiere forme.
Je ne fçais fi trop d'amour-
propre m'abufe, & m'exagére
votre bonheur; fi les tranfports de tous les mortels qui
m'ont vûë, ne me font pas
trop préfumer de mes charmes, mais je dois croire qu'il
n'y a pas de Prince au monde
qui ne fouhaitât, qui ne voulût même païer de fa vie, le fort
que je vais vous faire. Je ne
vous preffe point de mériter
mes faveurs, je lis dans vos
yeux la plus vive impatience,
j'y découvre avec la joïe la
plus fenfible, que vous ne pou-

vez plus supporter la violence
de vos desirs : Abandonnez-
vous-y, cher Prince, les miens
vous répondent de votre félicité : Venez, ma pudeur ne
peut soutenir plus long-tems
ce spectacle, hâtez-vous de la
confondre. Ah ! dans des momens si doux, l'empire de la
vertu devroit-il encore se faire
sentir? Précipitez les reproches de la mienne, c'est entre
vos bras, que je veux qu'elle
acheve d'expirer ! Tanzaï demeuré immobile, n'entendît
pas la moitié de ce que Concombre venoit de lui dire, &

ſeroit ſans doute reſté abîmé
ans cette lethargie, s'il ne ſe
ût ſenti ſur la main une griffe
rochüe que la Fée lui tendoit.
on premier mouvement fût
e l'étrangler, mais conſidé-
ant que le pouvoir de Con-
ombre la ſauveroit de ſon reſ-
entiment, & que le moins
u'il pourroit lui en arriver
eroit d'être pour toûjours dans
état où il étoit, il abandon-
a cette idée, quelque ſédui-
ante qu'elle fût. Il ne ſçavoit
ufin à quoi ſe déterminer,
orſque la Fée lui enfonçant
endrement ſes ongles dans la

peau : Quoi Prince, lui dit-elle, vous êtes interdit ? Je pardonne à l'amour l'anéantiſſement où je vous vois, mais il auroit déja dû céder à l'impetuoſité de vos feux, & à ma tendreſſe. C'eſt donc à moi à tout faire, petit ingrat, ajoûta-t'elle, & ſi les charmes que je t'ai laiſſé voir, ne ſont pas aſſez puiſſants pour te rendre à toi-même, eſſaïons ſi ce qui m'en reſte peut te rappeller à la vie. Alors, jettant avec fureur le peu de drap qui receloit ſes beautez encore non apperçuës, & roulant les yeux avec vio-
lences

lence, vois, barbare, dit-elle en foûpirant, vois tout ce que mon amour t'abandonne. Miféricorde ! s'écria le Prince, ah grands Dieux ! où fuis-je ? Sortant alors brufquement du lit, il fe débarraffa des griffes qui le retenoient, & cherchoit à fortir, lorfque ce que le Lecteur verra dans le chapitre qui fuit, l'arrêta.

R

❀❀❀❀❀❀❀❀❀❀❀❀❀❀❀❀❀❀
❀❀❀❀❀❀❀❀❀❀❀❀❀❀❀❀❀

CHAPITRE XVI.

Illusion : Bonheur du Prince
évanoüi : A quel prix on le
lui rend.

Tanzaï transporté de rage,
alloit sortir de l'Appar-
tement, lorsqu'une voix douce,
& qu'il crût reconnoître, l'ap-
pella. Ciel ! quelle fût sa surprise ? Lorsqu'en se retournant
du côté du lit, il vit Néadarné plus charmante que jamais.
O ma Princesse ! s'écria-t'il,
en courant vers elle. Arrête,

ingrat , lui dit Néadarné ,
homme fans courage, tu ne
mérites plus mes bontez. Tu
fçavois que notre bonheur dé-
pendoit de cette épreuve, &
tu n'as pas eû la force de la
fupporter. Ces apparences dif-
formes , me cachoient ; c'eft
moi, qui par la protection de
Barbacela, fous la forme d'une
Fée, t'ai débarraffé de ta fatale Ecumoire ; c'eft moi encore qui pour te donner moins
d'horreur pour l'objet qui s'of-
friroit à tes yeux , t'ai fait prendre de l'eau de Santé. Mal-
heureux ! ajoûta-t'elle , en ver-

fant quelques larmes, tu as tra-
hi mes foins, & mes bontez,
& tu vas pour toûjours refter
dans cet état affreux dont rien
ne peut plus te tirer. O ma
Princeffe! s'écria Tanzaï, qui
vous auroit devinée? Il fit alors
de nouveaux efforts pour l'embraffer; mais la Princeffe, &
l'Appartement difparûrent à
fes yeux, & il fe fentît tranfporté dans la chambre où on
l'avoit reçû à fon arrivée. Son
défefpoir augmenta en y retrou-
vant la fâcheufe choüete qui,
affife dans un fauteüil, chan-
toit en l'attendant. Eh quoi!

lui dit-elle, d'un ton guai, si-
tôt de retour, une nuit paffe
avec vous comme une minute;
Si vous ne les faites jamais
plus longues, on peut fans
fcandale vous en accorder ; je
croïois ne vous revoir qu'à
midi. Grands Dieux ! s'écrioit
douloureufement le Prince,
de quels malheurs empoifon-
nez-vous ma vie ? Ah ! dit la
choüete, je fuis au fait. Il
vous eft arrivé quelque accident, ou pour mieux dire, le
même fubfifte; cela eft mal-
heureux pour vous ; car, quel
ufage voulez-vous qu'on faf-

R iij

se de votre personne ? Sçavez-
vous bien ! vous, qui parlez
si mal-à-propos, dit le Prince
avec fureur, que je vous tords
le col, si vous ôsez encore proférer une parole ; puis, reve-
nant en lui-même, je vous demande pardon, Mademoisel-
le, ajoûta-t'il, de ce que je
viens de vous dire, mais, tant
d'événemens me confondent,
me mettent hors de moi, que
je ne sçais ni où je suis, ni si
je suis encore. Permettez-moi
de vous raconter mon infortune : Vous avez, dit-il, en fi-
nissant son récit, beaucoup de

crédit en ce Palais. Je recon-
nois ma faute. Ne pourrois-
je pas me retrouver dans cette
occasion que mon imprudence m'a fait perdre ? Mais dé-
pêchez, il y va de mes jours.
Ce que vous me proposez-là
est difficile, reprit la choüete,
je vais cependant essaïer si
mon crédit peut vous être utile : Attendez-moi ici patiem-
ment, je vais négocier votre
affaire. A peine fût'elle sortie,
que Tanzaï se mit à rêver. Qui
l'auroit deviné ? Se disoit-il,
que ma Princesse eut pû m'ê-
tre offerte sous cette exécrable

forme. Hélas ! j'avois déja fenti l'effet de l'eau de Santé; déja je me reconnoiſſois, j'allois
réparer ma gloire, & mes in-
fortunes. Mais, qui ! l'aſpect
de Concombre n'auroit-il pas
effraïe ? Cet horrible ſouvenir
me glace encore. A peine ma
Princeſſe m'a-t'elle fuï, que re-
tombant dans mon néant , je
me ſuis vû auſſi loin de moi-
même que je l'étois. Malheu-
reuſe condition des Rois ! d'ê-
tre ſoumis malgré leur pouvoir, aux injuſtices des Fées.
Y a-t'il rien de ſi bizarre que
ce qui m'arrive ? Ma deſtinée

lépend d'une vile Ecumoire !
Ah! si jamais, mon Histoire
est écrite, qui pourra y ajoû-
ter foi? Ou si elle trouve de la
crédulité, quel sujet d'entre-
tien, pour les siécles à venir?
Sans la choüete qui vint in-
terrompre ses réfléxions, il
les auroit peut-être poussées
plus loin. Eh bien, divin Oiseau, lui dit-il, mon malheur
est-il sans remede? Je tremble que vos soins n'aïent été
inutiles. Vous êtes plus heureux que vous ne pensez, lui
dit-elle en souriant; on vous
pardonne, ce n'est pas sans

peine, mais enfin vous pouvez encore tenter l'avanture,
le champ vous eft ouvert. Je
vais donc, reprit-il, revoir
Néadarné? Ah Dieux! Prin-
ce, reprit-elle, ce fera en effet
Néadarné, mais toûjours fous
la forme de Concombre. Vous
friffonnez ! Confultez-vous ;
votre premier refus vous coûte
déja affez, prenez garde au fe-
cond. Si d'abord, vous aviez
furmonté votre répugnance,
& que la Fée prétenduë vous
eut reçu dans fes bras, à peine
y auriez-vous été que la Princeffe auroit pris fa place. Ac-

uellement, cela eſt devenu
lus difficile; il faut que vous
ſoûteniez treize fois l'épreuve
prefcrite, avant que de voir la
Métamorphofe. Hem ? que
dites-vous? dit Tanzaï, que
parlez-vous de treize fois?
Vous m'entendez, dit la
choüete, treize fois, cela ſe
comprend. Allez, on n'y pen-
ſe pas, reprit Tanzaï, ce ſeroit tout ce que je pourrois faire, fi la Princeſſe étoit de moi-
ié. Prévenu que ce fera Néadarné, la figure de Concombre ne m'en caufera pas moins
d'horreur : Vous me rendez-là

de plaisants services ; faites-en
du moins diminuer la moitié.
Cela ne se peut, dit la choüete, c'est le dernier mot; mon
zéle ne doit pas vous être équi-
voque, je ne gagne rien à ce
marché-là. Treize fois ! s'é-
cria encore le Prince. Comment, dit-elle, vous vous ef-
fraïez de ce dont l'homme du
monde le plus décrédité, s'ac-
quitteroit sans peine. En effet,
reprit Tanzaï, je voudrois bien
pour ce que vous faites pour
moi, que vous le sçûssiez par
expérience. Encore un coup,
reprit-elle, déterminez-vous,

'eſt une honte que ſi peu de
hoſe vous arrête ; j'avois dans
e fonds , meilleure opinion de
otre valeur. Ecoutez , dit le
rince , vous ſçavez qu'il y a
uantité de choſes que les cir-
onſtances ſeules rendent pé-
ibles , & vous avoüerez avec
noi que la figure de Concom-
re n'eſt pas propre à faciliter
e nombre qu'on m'impoſe.
N'importe , conduiſez moi , &
jue le ciel m'aſſiſte. La choüe-
e le prenant par la main , le
nena dans l'Appartement des
Jélices , plus troublé , & plus
leſagréablement occupé que
a premiere fois.

CHAPITRE XVII.

Nuit délicieuse de Tanzaï.

DE quelque courage que le Prince se fût armé, il frissonna en revoïant Concombre. Prince, lui dit-elle, recouchez vous, & venez mériter votre grace, ou combler vos malheurs. Trêve de Harangue, repartit-il brusquement, le comble de mes malheurs est de me retrouver auprès de vous ; & le seul de mes desirs, d'en sortir le plûtôt.

ue je pourrai : Ainſi , point de
omplimens ; il vous ſiéroit
ìal de m'en faire après l'état
ù vous me réduiſez. Mais ,
uelle fureur vous tient de
ouloir que je paſſe une nuit
vec vous ? La répugnance que
: vous montre , ne devroit-
lle pas vous en guérir ? S'il eſt
rai que vous aïez conçu de
amour pour moi, ne devroit-
pas vous ſuffire , pour le ban-
ir , que je réponde mal à vos
entimens ? Et ſi vous ne cher-
hez qu'à vous vanger de l'E-
umoire , eſt-ce à moi que
ous devez votre courroux ?

Prince , reprit Concombre ,
vous parlez le mieux du monde, & vos difcours me perfua-
deroient, s'il pouvoit vous être
de quelque utilité que je fûſſe
convaincuë de ce que vous me
dites. Ce n'eſt ni l'envie que
j'ai de vous punir , ni un mouvement d'amour qui vous met
aujourd'hui dans mes bras ,
l'ordre du deſtin ſeul me fait
ſubir une épreuve encore plus
humiliante pour moï, qu'elle
n'eſt pénible pour vous: Croïez-
vous que ma modeſtie ne ſouf-
fre pas de voir ſi près de moï
un homme, qui n'y eſt point
appellé,

appellé par mon choix? Penfez-vous? Qu'on s'abandonne
fans regret aux tranfports de
quelqu'un qui nous eſt indif-
férent? Eſt-il rien de plus cruel
pour une femme fenſible, &
née avec de la vertu, que d'ef-
fuïer ces careſſes que ſon cœur
n'avoüe pas. Quant à ces tranfports, & ces careſſes dont vous
parlez, puiſqu'elles vous font
tant de peine, je puis, dit Tanzaï, vous les épargner; je ne
ſuis pas aſſez impoli pour vous
ravir des faveurs auſſi précieu-
ſes que les vôtres. Oh non!
dit la Fée, je ſuis ſoumiſe aux

S

volontez du deſtin, & ma ré-
ſignation m'aidera. Vous êtiez
tout à l'heure, reprit Tanzaï,
plus emportée, & moins dé-
vote; mais, quoiqu'il en ſoit,
on m'a promis Néadarné, &
je ne commence point que je
ne la voïe. On vous la promi-
ſe à la vérité, reprit Concombre, mais vous ſçavez à quel
prix. Allons donc, dit le
Prince, qui malgré lui ſe ſen-
toit renaître; mais il faut aimer bien éperdûment pour ſe
ſoumettre à ce qui m'arrive.
Alors ſe bouchant le nez, fer-
mant les yeux, il tâcha de

s'acquitter du mieux qu'il
pourroit, du devoir prescrit.
La Fée pour le lui rendre plus
facile, soûpiroit tendrement,
& s'agitant avec volupté, lui
donnoit, malgré son indifférence, tous ces noms empor-
tez que l'amour inspire. Elle
faisoit succéder l'indolence à
la fureur, la vivacité à l'abba-
tement : On assure même que
pour lui prouver plus de sen-
sibilité, elle jura plus d'une fois.
Tanzaï, pour en être plûtôt
quitte, avoit fait tout de suite
(chose surprenante, & qui n'est
pas celle de cette Histoire qui

peut choquer le moins) la
moitié de son martyre, & l'eau
de Santé, agissant miraculeuse-
ment , le mettoit en état de
s'acquitter du reste avec autant de promptitude , lorsque
la Fée le pria de suspendre ses
travaux , & de la laisser res-
pirer.

Le Prince l'aïant satisfaite.
Voïez-vous , Prince , lui dit-
elle , je ne suis pas de ces femmes sans délicatesse, qui n'esti-
ment dans un homme que ces
qualitez dont vous venez de
faire preuve. J'aime mieux
cent fois une conversation ten-

dre , que le sentiment anime ,
que ces voluptez honteuses
que les amans ordinaires re-
cherchent sans cesse. Combien dites-vous qu'il vous reste
à faire de cette nuit ? Sept, reprit-il brusquement. Ce que
je vous demande là , repartit-
elle , n'est pas que je m'en sou-
cie. Si j'en étois cruë , vous
n'auriez plus rien à faire. Vous
dites qu'il vous en reste sept ,
je crois que vous vous trom-
pez. Il se peut bien reprit-il ,
je compterois au moins sur
neuf d'aequitez. Ce n'est pas
ainsi , dit-elle , que je compte ,

j'étois moins égarée que vous, & je crois qu'il en faut encore dix. Ventrebleu, cela n'est pas vrai, dit Tanzaï en fureur. Ne vous fâchez pas, mon fils, dit-elle tendrement, nous n'aurons pas de disputes là-dessus; mais vous êtes le plus étonnant de tous les hommes, & j'ai peine à croire qu'avant votre enchantement vous valûssiez d'aucune façon ce que vous valez aujourd'hui. Vous sçavez mieux que personne, reprit Tanzaï, pourquoi je vaux tant, & le présent qu'on m'a fait de l'eau de Santé, est une

précaution que vous avez pri-
fe pour vous-même: Mais, en
confcience , ne devriez-vous
pas me remettre le refte. Cela
ne fe peut, reprit-elle. En ce
cas, dit-il , je m'en tiendrai
où je fuis, je ne vous crains
plus. Nous verrons , reprit
Concombre en le touchant.
Ah barbare! s'écria le Prince
qui fe fentît décroître , il y a
ici moins d'enchantement que
vous ne croïez, & votre main
pour opérer ce que je fens ,
n'avoit pas befoin de magie.
Le difcours eft tendre , dit
Concombre, & c'eft le moïen

d'obtenir grace. Si vous n'êtes
point généreuse par rapport à
moi, soïez-le du moins, dit
Tanzaï, par raport à vous-
même. Je suis, reprit-elle,
moins méchante que vous ne
croïez, & vous verrez que je
puis de cette main que vous
méprisez, tant . . . . Eh de grace ! s'écria Tanzaï, ne me touchez point. Malgré sa peur,
la Fée lui tînt parole, & lui
qui mouroit d'envie de finir
avec elle, recommença sa cor-
vée. Il étoit enfin arrivé au
douziéme inclusivement, sans
qu'il vît Néadarné, & il en
témoigna

témoigna sa surprise à Concombre. C'est apparemment,
dit-elle, que son recouvrement
est attaché au nombre mysté-
rieux de treize. Je vois assez,
reprit-il, qu'on ne l'a pas mis
à bon marché, mais finissons.
Le Prince, à la fin de ce dernier travail, chercha des yeux
Néadarné, mais ne la voïant
point paroître : Que veut donc
dire ceci ? Demanda-t'il. Pourquoi ne vois-je pas Néadarné ?
M'auroit-on trompé ? Hélas !
Prince, dit la Fée, vous vous
êtes trompé vous-même, vous
avez mal calculé. Oh corbleu !

T

dit Tanzai, il ne faut pas être un Barrême pour sçavoir compter jusques à treize, ils y sont bien.

Mais le moïen, reprit-elle: Vous voïez bien que cela ne se peut pas, vous auriez Néadarné en votre pouvoir, si ce que vous dites étoit vrai. Au nom de vous-même, cher Prince ! prenez garde qu'il n'y ait de l'erreur. Morbleu, dit-il, c'est qu'il n'y en a point. Enfin, reprit-elle, par votre obstination, vous ne verrez point Néadarné; & par un esprit de ménage mal-entendu, vous perdrez le fruit de ce que vous avez fait. Ciel ! s'écria t'il, me laiſſez-vous en proïe à l'injuſtice? Et faut il.. .. Mais hélas ! peut-être avez-vous raiſon ? Je ne vois point Néadarné, & ſon abſence ſuffit pour me convaincre : Voïons donc, ſi je puis m'en tirer. Tanzaï excédé de fatigue, eut toutes les peines du monde à terminer ſa pénitence. Il ne fût pas à cette fois plus heureux, qu'aux autres, & reconnoiſſant combien inhumainement on l'avoit trompé, il ſe jetta avec fureur ſur Concom-

bre, dans le tems qu'elle alloit
lui reprocher une feconde erreur de calcul. La Fée, en fe
débattant avec force, fe retira
des mains de Tanzaï, après lui
avoir enfoncé plus d'une fois fes
griffes dans la peau, & lui avoir
laiffé le corps tout couvert d'é-
gratignures ; puis, s'élevant au
plafonds : Ne compte point,
lui dit-elle, vaincre jamais ma
fureur. Je ferai ta perfécutrice
éternelle. Les malheurs que
je t'ai fait éprouver ne font ni
les derniers, ni les plus cruels
de ta vie. Je t'ai, à la vérité,
rendu ce que tu defirois avec

tant d'ardeur, mais prend garde qu'il ne te soit inutile, & souvien-toi long-tems de ton infernale Ecumoire. Ah ! Perfide, s'écria Tanzaï, après ce que tu viens de me faire, quels coups peux-tu me garder encore ? En cet instant, la Fée, & le Palais disparûrent à ses yeux ; & lui, aussi honteux, que fatigué de sa bonne fortune, trouva ses habits, son Ecumoire, & son cheval dans cette même Forêt où il avoit rencontré la Fée au Chaudron. Il s'habilla promptement, formant dans sa tête mille inutiles projets pour la punition de Concombre, & de la chouete, & reprit le chemin de Chéchian, très-disposé à garder à Néadarné, la fidélite la plus éxacte, puisque les plaisirs dérobez lui réüssissoient si mal.

CHAPITRE XVIII.

Le moins amusant du Livre.

Pendant que le Prince opéroit ces étonnantes merveilles, l'on n'étoit pas plus.

tranquile à Chéchian, qu'il ne
l'avoit été dans le Palais de
Concombre. L'affaire de Saugrénutio y faisoit grand-bruit.
Les Sacrificateurs, & les Etats
étoient convoquez. Le Roi
sensible aux déplaisirs de son
fils, & croïant qu'ils ne se-
roient terminez que quand
Saugrénutio auroit lêché l'E-
cumoire, n'épargnoit rien
pour lui donner cette morti-
fication : Il avoit gagné jusques au Patriarche qui, autant
pour plaire à Céphaès, que
pour blesser le Grand-Prêtre
avec qui il n'étoit pas bien,
T iiij

avoit promis au Roi d'entrer
dans toutes ses vûës. Saugrénutio n'ignoroit pas que du
côté de la Noblesse il n'auroit
aucunes ressources; Cet ordre
de l'Etat, attaché à la personne
du Souverain par des raisons
de Politique, & d'interêt, n'auroit pas voulu, sans doute, agir
contre ses maximes dans une
occasion où il auroit choqué,
& sans fruit particulier, là
Majesté du Prince. Les Sacrificateurs qui n'attendoient
leurs dignitez que de leur servitude auprès du Patriarche,
n'avoient garde de lui man-

quer, dans une occasion où leur complaisance pour lui, pouvoit leur être utile. Le Peuple ignorant, & superstitieux, accoutumé à regarder les decrets du Patriarche, comme des decrets des Dieux mêmes, auroit craint d'attirer leur colere sur lui, en prenant le parti de Saugrénutio dans une occurrence où la Religion ne lui paroissoit pas assez intéressée.

Quel moïen restoit-il donc au Grand-Prêtre d'éviter le destin qui le menaçoit ? Haï de la Noblesse avec laquelle sa

hauteur lui avoit souvent fait
avoir des discussions : Détesté
des Sacrificateurs jaloux du
rang qu'il occupoit, méprisé
du Peuple qui étoit scandalisé
de l'entendre jurer, & de lui
voir faire des chansons. Mais
le moïen aussi d'obéir ? La
honte de lêcher l'Ecumoire,
la douleur qu'elle lui cause-
roit, le triomphe du Roi,
toutes ces considérations l'a-
gitoient tour à tour, & quoiqu'il demeurât ferme dans la
résolution de désobéir, il ne
voïoit pas comment il pourroit résister à tant de forces

réünies contre lui. Il étoit encore à ne sçavoir quel parti
prendre, lorsque le Patriarche
arriva à la Cour, précédé d'un
decret terrible par lequel il
étoit prescrit à Saugrénutio de
lêcher l'Ecumoire, il finissoit
par une courte, & fraternelle
exhortation de se soumettre,
& de ne pas laisser armer contre lui la justice divine, &
humaine. Saugrénutio attéré
par ce decret, alloit fuïr, lorsqu'une imprudence du parti
contraire lui redonna courage. Le Patriarche mécontent,
soit qu'il en eut sujet ou non,

des Sacrificateurs de Chéchian , les menaça de les join-
dre à leur chef, & de leur faire auffi lêcher l'Ecumoire.
Comme ce Patriarche étoit un
homme violent , & abfolu
dans fes volontez, les Sacrificateurs craignîrent pour eux-
mêmes, & le péril commun
les réünit à Saugrenutio : il y
eut donc chez lui une Affemblée fecrete où il fût conclu
qu'on chercheroit à fe faire
des Partifans. Ces féditieux
penférent, avec fageffe, qu'il
falloit pour s'attacher le Peuple, lui faire croire que l'E-

cumoire devenoit une affaire
générale, & que perfonne
dans le Roïaume, fans en ex-
cepter le Roi, ne feroit exempt
de la lêcher. Ces bruits fîrent
l'effet que ceux qui les répan-
doient en avoient attendu : Ils
trouverent de la crédulité,
formérent de la crainte, &
parvînrent enfin jufques au
Roi. Céphaès en fût allarmé,
il connoiffoit le caractére en-
treprenant du Patriarche, cent
fois il avoit eû à fe plaindre
de fon audace, cent fois auffi
il avoit voulu l'en punir : il lui
paroiffoit cruel de laiffer à por-

rée de blesser la Majesté du
thrône, une puissance qui ne
subsistoit qu'à l'ombre de celle qu'elle cherchoit à affoiblir.
Il étoit indigné de voir les Patriarches devoir leur place aux
Rois, & sans cesse leur manquer : mais la superstition les
rendoit vénérables. Il avoit crû
d'ailleurs qu'il lui importoit
de ne pas anéantir absolument
une autorité qui accoutumant
les Sujets à obéïr, les rendoit
plus dociles à ses volontez, &
plus fideles à leurs sermens.
Un peuple sans Religion, est
bientôt sans obéïssance. S'il

ne connoît point de Dieux ,
'il n'en craint pas, les loix hu-
maines ne font plus rien devant lui , il devient son Légis-
lateur , son caprice seul fait sa
régle , il n'éléve , que pour ab-
battre. Inceffamment révolté
contre son propre ouvrage ,
son génie en proïe aux nou-
veautez, le fait courir fans cef-
se de projets , en projets; fans
crainte pour l'avenir , ou il
anéantit abfolument le fouvenir des Dieux , ou il envifage
de fi loin leur colere , qu'à
peine penfe-t'il qu'elle foit à
craindre. Un Peuple qui fe

conduit par d'autres maximes,
tranquile à l'égard de ses Rois,
les regarde comme un présent
de la divinité , & n'imagine
pas qu'il lui soit reservé de les
juger , ou de discuter seule-
ment la nature de leur autorité , & d'y donner des limites.
Mais aussi , plus superstitieux
que Religieux , moins ver-
tueux que timide, plus crédule, qu'éclairé, une idée mal-en-
tendue de la Religion le méne
loin: plus frappé du culte ex-
térieur, que de l'éxistence de la
divinité , plus soumis à ses Ministres qu'à elle-même , il les
croit

croit lézez où on leur fait juftice, & le Roi, victime des
préjugez des Sujets n'ofe fortir
d'efclavage, dans la crainte
d'exciter des troubles où fa
perfonne, & fa dignité feroient également compromi-
fes. Céphaès convaincu de la
vérité de ces Principes, avoit
cherché peu-à-peu à limiter le
le trop grand pouvoir du Patriarche, & à le borner aux
fonctions purement fpirituel-
les. Pour ôter à la Capitale un
fujet de remuer, il avoit éloigné le Patriarche de la Cour,
afin que perdant de vûë cette

V

idole , elle en fût moins ado-
rée. En quoi cependant il
manqua de politique. Il n'eſt
pas de la ſageſſe du Souverain
d'écarter de ſa perſonne un ſujet qui partage , en quelque façon , ſon autorité. Le Patriarche, dans le ſéjour qui lui étoit
aſſigné , brilloit ſeul : A Chéchian , il étoit obſcurci par la
lumiére du thrône , & les Su-
jes , en le voïant contraint de
rendre hommage au Roi, ſen-
toient à quel point il lui étoit
ſubordonné. D'ailleurs , on
étoit plus à portée de veiller
aux brigues qu'il pouvoit avoir

envie de former : Un seul regard du maître les pouvoit
dissiper, au lieu qu'éloigné de
lui, il mettoit à profit la crédulité des Peuples, & accré-
ditoit ses cabales par la lon-
gueur du tems qu'il falloit
pour les détruire. Céphaès ne
douta point, vû les tracasse-
ries qu'il avoit faites au Patriarche, que celui-ci ne cher-
chât à s'en vanger. Cependant
il lui paroissoit bien extraordinaire qu'on voulût aller jusques à lui faire lécher l'Ecumoire. La Fée Barbacela n'a-
voit appellé que le Grand-

Prêtre à cet honneur, mais
cette Fée ne paroiſſoit point.
Son ordre n'étoit que verbal,
on pouvoit l'interpreter, & l'é-
tendre ; enfin, il avoit peur. Il
reſolût cependant, en cas que
l'on prît pour prétexte l'honneur de la Religion, de rejetter
ſur le Patriarche une partie de
l'affront qu'il vouloit lui faire,
& de l'obliger à lêcher l'E-
cumoire le premier. On peut
croire que lorſqu'il revît le Patriarche, il ne lui fît pas bonne mine. Le Patriarche de ſon
côté, bouda le Roi, & le premier fruit de l'artifice de Sau-

grenutio fût de jetter entr'eux
les femences d'une division
qui ne lui pouvoit être qu'utile.

***

CHAPITRE XIX.

Bagatelles trop férieufement
traitées.

LE Grand-Prêtre s'apper-
çût aifément de l'état de
trouble où l'on étoit à la Cour.
Eh bien, Vertu-bieu, dit-il à fes
alliez, eh bien, corbieu! Nous
les tenons. C'eft demain l'ou-
verture de l'Affemblée, mais ne
nous démentons pas. Le Peu-

ple eſt pour nous , les femmes,
à qui j'ai fait une deſcription
monſtrueuſe de l'Ecumoire ,
jurent qu'elles n'obéïront
point. Ne craignez pas des
menaces frivoles. Pour tout
braver , il ne faut que du courage , ce n'eſt jamais que les
foibles que l'on inſulte. D'ailleurs , que craignons-nous ? Le
Prince n'eſt pas de retour , l'E-
cumoire qui voïage avec lui
ne lui ſera peut-être jamais
ôtée : Qui ſçait même , ſi jamais on les reverra ? Nos en-
nemis deſunis entr'eux ne
peuvent plus nous porter de

coups certains : Occupez à se
garder l'un de l'autre, leur
défiance mutuelle fait notre
salut. Allons, Meſſieurs, bu-
vons, ajoûta-t'il, & que le
Ciel nous protege, peut-être
que pendant le repas que je
vous ai fait préparer, il nous
inſpirera quelques penſées ſa-
lutaires. A ces mots, les Sacrificateurs ſe mîrent ſainte-
ment à table. Comme Sau-
grénutio ne prenoit jamais
que là ſes réſolutions, on y
fût long-tems. Par bienſéance
cependant, on en ſortît vers
le matin, & chacun des con-

viez les yeux baiſſez, & la
marche indécente; retourna
chez ſoi, après avoir promis au
Grand-Prêtre de bien ſecon-
der ſes intentions. Telle étoit
la diſpoſition des eſprits lorſque l'on ouvrît l'Aſſemblée.
Saugrénutio y parût avec une
contenance aſſurée. Le Patriarche commença par un diſcours ampoulé, & qui pour
avoir été préparé dès long-
rems, n'en valoit pas mieux.
Mon frere, dit-il affectueuſe-
ment à Saugrénutio, quand
le Ciel parle, il eſt inutile de
ſe rendre ſourd à ſa voix. Votre
résiſtance

résiftance à ses volontés vous
rendra coupable, & nous for-
cera d'emploïer contre vous,
l'autorité qu'il nous a donnée.
La perte de votre dignité eft la
moindre de celles aufquelles
nous vous condamnerons. Qui
peut même prévoir à quelles
rigueurs, cette voix célefte nous
portera contre un Miniftre,
rebelle à fes devoirs? Plaife
pourtant! s'écria-t'il, Plaife!
au fuprême Singe qui reçoit
tous les jours votre encens,
d'illuminer votre cœur. Puiffe-
t'il toucher votre ame endur-
cie, & retarder fa vangeance!

X

défarmé par les ardentes prié-
res que nous faifons tous pour
votre converfion, qu'il daigne
vous porter à donner un
éxemple néceffaire d'une entiere foumiffion à fes ordres !
Allons, dit-il, d'un air de douleur, rapportons le fait, & in-
ftruifons promptement le Procès. Alors l'Orateur fe leva,
& raconta avec l'éxactitude la
plus fcrupuleufe, au hazard
d'être long, l'Hiftoire de l'E-
cumoire : & l'ordre de la Fée
Barbacela, de la faire lêcher au
Grand Prêtre, fut plus éxagé-
ré, qu'oublié. Pendant ce ré-

cit qui fût long, Saugrénutio,
& ses adherans se confirmé-
rent dans la résolution de des-
obéïr. A peine fût-il fini, que
le Patriarche se leva, & parla bas au Roi, comme pour
aller aux opinions. Franchement, lui dit Céphaès, croïez-
vous qu'il obéïsse? Oüi, répondit le Patriarche, & il ne
fera pas le seul. Le Roi s'ima-
gina alors que le Patriarche
l'avoit regardé, & que c'étoit
pour lui qu'il parloit. Comment? Dit-il en colere, il ne
fera pas le seul! Il n'y a cependant que lui qui le doive ici :

Prétendriez-vous que je lé-
chaffe l'Ecumoire, moi ? Fi-
donc, reprit le Patriarche :
Mais, pourtant, ajoûta-t'il,
cela n'en feroit pas plus mal,
& fi vous le faifiez, vos Sujets
n'auroient plus rien à dire.
Mais, repondit le Roi, mes
Sujets n'ont que faire à tout
ceci : je vous ai déja dit que la
chofe ne regardoit que Saugrénutio. Votre Majefté le
croit, répondit le Patriarche;
mais telle eft la nature de l'E-
cumoire, qu'elle devient un
miftére, & un objet de véné-
ration; elle n'eft plus une af-

faire particuliere. Oh ! tant
qu'il vous plaira, reprit Céphaès, mais pourtant ne me
mettez pas de la partie. C'eſt
ce que nous verrons plus à
loiſir, dit le Patriarche ; cependant, Sire, vous n'en ferez que ce qu'il vous plaira.
Alors ſe tournant du côté de
Saugrénutio , il lui conſeilla
d'obéïr. Monſeigneur , dit
Saugrénutio, je n'en ferai rien.
Puis donc, dit le Patriarche ,
d'un air contrit, puiſque ce
rebelle veut tôujours l'être ,
nous le déclarons déchu de ſes
dignitez : Ordonné à lui de

remettre entre les mains du
Roi, la culotte de peau d'Ours,
& entre les nôtres, le man-
teau de peau de Canard, &
l'aigrette de Papier marbré
dont avant sa perversion, notre munificence l'avoit hono-
ré. Et vous, dit-il aux Sacrificateurs, profitez de cet éxemple, & par une prompte obéïf-
sance envers l'Ecumoire, pré-
venez la rigueur de nos juge-
mens. Alors mille bruits confus s'éleverent ; mais le Roi,
& le Patriarche sortirent de
l'Assemblée, après avoir ordonné qu'on dressât un Acte

authentique de ce qui venoit
d'être résolu. La Nobleffe
triomphoit de l'abaiffement
des Sacrificateurs , lorfque
Saugrénutio prenant la parole : Vous me voïez confterné ,
Meffieurs , dit-il , moins de
l'affront qu'on me fait, que
du malheur d'être témoin du
bouleverfement des Loix. Il
n'eft plus ! ce tems heureux
où l'innocent trouvoit contre
l'oppreffion une reffource affu-
rée ; le fouvenir qui nous en
refte , ne fert qu'à augmenter
notre douleur ; nos regrets ne
peuvent nous le rendre : Aban-

donnez à la servitude, puisque nous le souffrons ; faits, à
l'abaissement où l'on nous
réduit, nous ne pouvons nous
excuser aux yeux de l'univers
qu'en perdant la mémoire de
notre ancienne splendeur. Eh !
à quoi nous serviroit-elle, qu'à
rendre notre bassesse plus con-
damnable ? Les Voilà donc ces
fiers Chéchianiens qui rem-
plissoient le monde entier de
leur gloire ! Voilà ce Peuple
si fameux ! une vile Ecumoire
fait trembler ces augustes mortels ! Anciens Défenseurs de
l'Etat, ajoûta-t'il, en adres-

fant la parole à la Nobleffe ,
ce n'eft pas à vous que je demande des fecours : l'aviliffe-
ment où je vous vois , m'in-
ftruit de votre foibleffe ; pliez
donc fous le joug de la tyran-
nie , vous n'êtes pas dignes de
joüir de la liberté , mais brûlez
ces Faftes célébres qui vous ont
confervé les faits glorieux de
de vos ancêtres. Je ne vous
encourage point à y puifer des
éxemples de vertu , ils vous
feroient inutiles. Qui ne rou-
git point de fa fervitude , ne
mérite pas de fçavoir qu'il y
a eû des hommes libres. C'eft

donc à vous, Miniſtres ſacrez;
C'eſt à vous ſeuls de faire diſ-
paroître l'injuſtice. Qu'avons-
nous à craindre ? Et quand
nous pourrions ſuccomber ,
la mort nous doit-elle plus
effraïer , qu'une vie condam-
née à un opprobre éternel.
Vangeons l'honneur de nos
Autels : Donnons à cet état abbatu des éxemples de courage
dont il puiſſe profiter. Mourons s'il le faut, mais mourons
en Citoiens ; utiles à notre Patrie juſques dans nos derniers
inſtants , montrons-lui du
moins comme on ſçait ſe dé-

livrer de la fervitude. Victi-
mes perpetuelles de l'ambition
du Patriarche, nous ne vi-
vrions que pour voir fans cefle
renouveller nos affronts. Car,
que fert-il de nous flatter. Et
quelle efpérance pourrions-
nous nourrir, fans témérité?
Nous eft-il permis de croire
qu'il ne tentera plus d'entreprifes? Eft-ce d'aujourd'hui
que la Chéchianée fouffre de
fes projets? Ouvrons notre
Hiftoire, & fans chercher des
traits plus odieux, fouvenons-
nous feulement des défordres
que caufa, il y a fix cens ans,

Le Patriarche Hinhohu-Yalu-
cha, quand il voulût nous faire baiser la queüe d'une Pie.
Quelles guerres ne furent pas
allumées un siècle après, par
l'établiſſement des Mouſta-
ches quarrées, ſous le Patriarche Onſoucho ? Que n'a point
produit l'obſtination de Rii-
machou, lorſqu'il voulût abo-
lir le Potiron Sacré ? Cet Etat
enfin après les plus cruelles ſé-
ditions, commençoit à reſpirer:
Les Patriarches plus éclairez ;
plus ſoumis aux Loix, plus ſenſi-
bles à l'honneur de la Réligion,
ne propoſoient plus d'opinions

ſcandaleuſes;un Soleil plus pur
nous éclairoit. Hélas! tranqui-
les à l'ombre de nos Autels ,
nous nous flattions que ce cal-
me heureux dureroit. Mais , ô
grands Dieux! quelle étonnan-
te révolution ! & ſur quoi eſt-
elle fondée? une Fée apporte
une Ecumoire, il eſt important,
dit le Prince , que je l'avale ,
après que la vieille du monde
la plus hideuſe l'a reçuë dans
ſa bouche. C'eſt , ajoûte-t'il
un ordre qu'il a reçu de cette
Fée. Son mariage, ſans cette cérémonie ne ſçauroit être
heureux. Plus attentif encore

à ne pas blesser la décence du rang que j'occupe, qu'à mes intérêts particuliers, je refuse. Le Prince tombe dans des accidens peuordinaires, on m'en fait un crime. Un Patriarche donne un decret injuste: Bien plus, on assemble contre moi tout l'Etat, on me prononce le Jugement du monde le plus inique, & non content de m'avilir, on porte l'audace jusques au corps entier des Sacrificateurs, à qui l'on veut faire lècher l'Ecumoire: Tous les ordres du Roïaume sont enveloppez dans ma disgrace. Eh !

qu'ont-ils de commun avec moi ? Suppofé que j'aïe dû lê-cher l'Ecumoire, étoit-il né-ceffaire qu'ils le fiffent ? Le Prince n'a nommé que moi ; D'ailleurs, qu'on me montre l'ordre de Barbacela:Une cho-fe de cette conféquence pou-voit être mieux établie. Si le Prince eft crû fi aifément fur fa parole, tous les jours il au-ra des idées nouvelles, & que fçais-je enfin ce qu'on ne nous fera pas lêcher ? Mais, fuppo-fé qu'à préfent je voulûffe obéïr, où eft-elle cette Ecu-moire? Le Prince, & elle

tiennent enfemble, où les retrouver ? Et quel crime com-
mettrois-je en attendant leur
retour ? Cependant, on me
deshonore, on me dépofe, on
m'ôte les marques de ma dignité. Plus heureux de tout
perdre, que d'obéir : Je bénis
les Dieux du courage qu'ils
m'ont infpiré : Plus illuftre
dans ma retraite, que je ne le
ferois en poffedant honteufe-
ment les biens qu'on m'enléve,
je ne verrai pas du moins l'efclavage de mes compatriotes.
Car, ne vous flattez pas, ajoûta-t'il, en parlant aux grands,
Votre

Votre criminelle complaisance ne vous sauvera pas de l'E-
cumoire. Je n'ignore pas, je
vois même en frémissant, que
plus sensibles aux démelés que
vous avez eus avec nous, qu'à
l'honneur de la Religion, vous
joüissez avec un plaisir secret
du malheur qui nous accable.
Ah ! réünissons-nous plûtôt.
Sentez enfin qu'un même péril nous menace, & si vous
n'êtes émus par aucune consi-
dération, que celle de votre
gloire vous soutienne. Généreux Chéchianiens ! il est dans
la servitude deux malheurs

Y

qui fe fuccedent : Le premier
eft d'y gémir ; l'autre, quand
même elle ne fubfifte plus,
de fe fouvenir de fa honte.
Ah ! rappellez votre courage.
Brifez les fers qu'on vous im-
pofe, ils difparoîtront quand
vous ne les baiferez plus. On
ne jette dans l'abaiffement,
que ceux qu'on croit capables
d'y refter. Nous avons les
maux préfens qui nous envi-
ronnent, une magnanime réfolution nous peut feule fau-
ver des nouveaux coups qu'on
nous prépare. Secoüons ce
joug odieux fous lequel nous

avons si long tems fléchi ! Que
ce Peuple témoin de nos affronts, le soit enfin de notre vangeance ! nous serons
craints dès que nous voudrons
l'être ; effaçons ces decrets of-
fençans qu'a dictez l'inimitié,
& l'injustice, je vous réponds
du succès. De quoi ne sont
pas capables des hommes qui
combattent pour leurs Dieux,
& pour leur liberté ?

Il dit, & les Etats déja
d'accord de sa condamna-
tion, se partagent. Différents
avis s'élèvent. Les plus superstitieux émus par le dif-

cours de Saugrenutio, croïent
en effet que les Dieux sont in-
téressez dans cette affaire, se
rangent de son parti, & crient
qu'il faut revoir le procès.
Ceux qui suivent le Roi, &
le Patriarche veulent que le
Grand-Prêtre soit bien jugé,
& prétendent faire passer l'acte
qui le condamne lui, & les
Sacrificateurs. La dispute s'é-
chauffe, l'Assemblée se rompt.
Le peuple informé de ce qui
s'est passé, & craignant pour
lui, se déclare pour Saugrénutio. Le Patriarche redoutant
une émeûte générale, suspend

ses coups, & accorde du tems
au Grand-Prêtre qui satisfait
d'avoir différé sa perte, se croit
sauvé, comptant qu'au milieu
des troubles qui s'élevoient,
on craindroit de l'attaquer, ,
qu'avant que l'affaire de
l'Ecumoire fût décidée, il ne
pourroit plus être inquiété là-
dessus, & que ce seroit, vrai-
semblablement, une mortifi-
cation qui tomberoit sur son
Successeur.

CHAPITRE XX.

Retour du Prince à Chéchian.

CEs troubles agitoient encore la Capitale , lorf-
que Tanzaï en reprit le chemin. Que dirai-je de mon
voïage ? Difoit-il en lui-même ; avoüerai-je à Néadarné
que c'eft dans les bras de Concombre que je fuis rentré dans
mes droits ? De quelle manie-
re lui raconterai-je une chofe
fi mortifiante pour fa tendreffe ? Imaginera-t'elle que je

puisse mériter d'être plaint ?
S'il lui en arrivoit autant ,
pourroit-elle compter sur mon
indulgence ? Mais elle sçait de
quelle espece étoit mon malheur ? En lui donnant des
preuves qu'il est cessé, pour-
rai-je me dispenser de lui dire
pourquoi ? Eh ! quelle seroit
sa douleur, de quels coups ne
l'accablerois-je pas , si je lui
faisois part de toutes les idées
qui m'ont occupé ? Si elle sça-
voit que mon cœur lui a été
infidele : Que pendant quelques instants, tout rempli d'u-
ne autre , je me suis prêté, j'ai

même été au-devant du malheur qui m'étoit préparé ? Si
elle peut me pardonner d'a-
voir passé une nuit dans le lit
de Concombre, me pardon-
neroit-elle d'avoir pensé qu'u-
ne autre qu'elle, pouvoit me
rendre heureux ? Ah ! cachons
ma honte à Chéchian, pa-
roissons-y rétabli : Mais puisse-
t'on n'y sçavoir jamais quel
reméde m'a rendu à moi-mê-
me. Tanzaï, en raisonnant
ainsi, se rapprochoit de ses
Etats, & il revît enfin ces murs
si desirez de Chéchian après
en avoir été absent près de
trois

trois mois. A peine l'y vît-on
paroître, que les grandes Vielles avertiſſant le Peuple, les
illuminations, les cris de joïe,
& les tranſports les plus ou-
trez, anoncérent au Roi que le
Prince rentroit dans la Ville.
Néadarné, ſaiſie du mouvement le plus tendre, s'évanoüit:
Elle étoit encore dans cet état
lorſque Céphaès lui amena
Tanzaï. Le plaiſir qu'il avoit
de la revoir, céda pour quelque
tems à la crainte qu'il eut de
la perdre. Néadarné! ma chere Néadarné! S'écrioit-il, ah!
ne devois-je vous retrouver

.Z

que pour trembler pour vos jours? Cruelle Fée ! étoit-ce là les malheurs dont tu me menaçois? Néadarné , à la voix , & aux baifers redoublez de fon époux , ouvrît les yeux , & l'embraffant à fon tour. O Tanzaï ! ô repos de mes jours ! eft-ce donc vous que je revois ? que votre abfence m'a couté de larmes ! hélas ! le plaifir feul de votre retour, peut égaler la douleur que votre départ m'a caufé : ils n'auroient point fini leurs regards , & leurs tranfports , fi le Roi impatient de fçavoir comme étoit le Prince ce, ne les eut interrompus pour s'en inftruire : Sire, lui dit-il, cette Ecumoire ratachée à ma boutonniere vous annonce qu'elle ne m'incommode plus, & je fuis le plus trompé du monde, fi la Princeffe interrogée demain, ne vous donne du refte, des nouvelles fort fatisfaifantes. Le Roi alloit demander comment ce miracle s'étoit fait, lorfque les Courtifans entrérent en foule dans l'Appartement : l'impatience où ils étoient de revoir Tanzaï, ne leur avoit pas permis de diffé-

rer leur hommage. Saugrenutio y arriva avec eux , non que
le même defir le preffât , mais
pour fçavoir feulement , fi par
hazard , le Prince n'auroit
point perdu fon Ecumoire : il
pâlit en la revoïant , & Tanzaï ne pût affez fe contraindre , pour le bien recevoir : il
attribuoit toujours à fon refus
les malheurs qui lui étoient
arrivez , & le dernier de tous
lui étant le plus fenfible , il
avoit réfolu de lui en faire ,
tôt ou tard, porter la peine. Ce
fût pour commencer , que devant lui , il s'informa de ce

qui s'étoit paſſé, & ſi un ſujet
rebele ne ſeroit pas enfin puni. Le Roi, en lui racontant ce
qui s'étoit fait dans l'Aſſemblée, l'aſſura de l'obéïſſance
de Saugrenutio qui, mécontent de ces diſcours, ſortît, per-
ſuadé que le Roi en auroit le
démenti. Les Courtiſans, con-
gédiez après lui, Céphaès, &
les deux époux, ſoupérent à
leur petit couvert. A préſent
que nous ſommes en liberté,
racontez-nous, mon fils, dit
le Roi, l'Hiſtoire de votre
deſenchantement. Elle eſt ſin-
guliére, reprit le Prince, d'un

air embaraſſé , & je vous ſur-
prendrai beaucoup , ſans doute , quand je vous dirai que ce
grand Ouvrage , eſt celui d'un
ſonge. D'un ſonge ! s'écria le
Roi. Que vouloit donc dire le
Singe, & à quoi bon vous faire
voïager ? vous auriez dormi ici
tout auſſi - bien qu'ailleurs ;
Mais voïons un peu ce que c'é-
toit que ce ſonge ? Sire , dit-il,
& vous, Princeſſe, après avoir
parcouru des Païs immenſes ,
je parvins enfin dans une Forêt. Alors il raconta, ſans y
rien changer, l'avanture de la
Fée au Chaudron. Après avoir

quitté cette Fée, pourfuivit-il,
une envie extrême de dormir
vînt m'accabler : Ne pouvant
y réfifter, je m'endormis au
pied d'un arbre. Occupé comme je l'étois de tout ce qui
m'arrivoit, il auroit été fur-
prenant que mon imagination
échauffée ne l'eut pris pour objet. Ces idées produifirent un
fonge, dans le defordre duquel
je me crûs tranfporté dans un
Palais magnifique : des choüetes y parloient ; j'y étois fuper-
bement reçu ; je crûs y voir
Concombre qui, pour dédommagement de l'Ecumoire, me

demandoit tendrement de paffer la nuit avec elle. On dit
bien vrai, lorfqu'on affure
qu'en dormant, nous dépen-
dons fi peu de nous-mêmes
que l'objet du monde qui nous
eft le plus odieux, triomphe de
notre répugnance. Concom-
bre m'affuroit que c'étoit la
feule chofe qui pût éteindre
fon reffentiment. Après le
combat le plus violent entre
l'amour que j'ai pour vous, &
la répugnance qu'elle m'infpi-
roit, notre intérêt mutuel me
faifoit céder à fes defirs. Je me
fuis enfin reveillé, rempli d'ef-

ffoi, mais pénétré de joïe en même tems, quand il m'a été impoffible de douter de mon rétabliffement. Seigneur, dit alors Néadarné, ce fonge eft bien fuivi, & fon effet me paroît admirable. Croïez-vous que ce ne foit qu'une illufion ? Le moïen d'en douter, reprit le Prince, quand à mon reveil, je me fuis retrouvé au pied de l'arbre où je m'étois endormi ; Mais, Princeffe, ajoûta-t'il, il eft tard, mon pere, depuis une heure, combat le fommeil, il devroit lui donner les momens qu'il nous ac-

corde, & je ne fçais fi la nuit
fera affez longue pour me laiffer le tems de vous parler de
tout ce qui nous regarde. Je
n'y penfois pas reprit le Roi :
Allez mes enfans, Dieu vous
garde des Fées. Le Prince, après
avoir donné le bon foir à fon
pere, enleva Néadarné dans
fes bras, & fe renferma dans
fon Appartement pour y gou-
ter les plaifirs dont on verra le
détail dans la feconde partie
de cette véridique Hiftoire.

Fin de la première Partie.

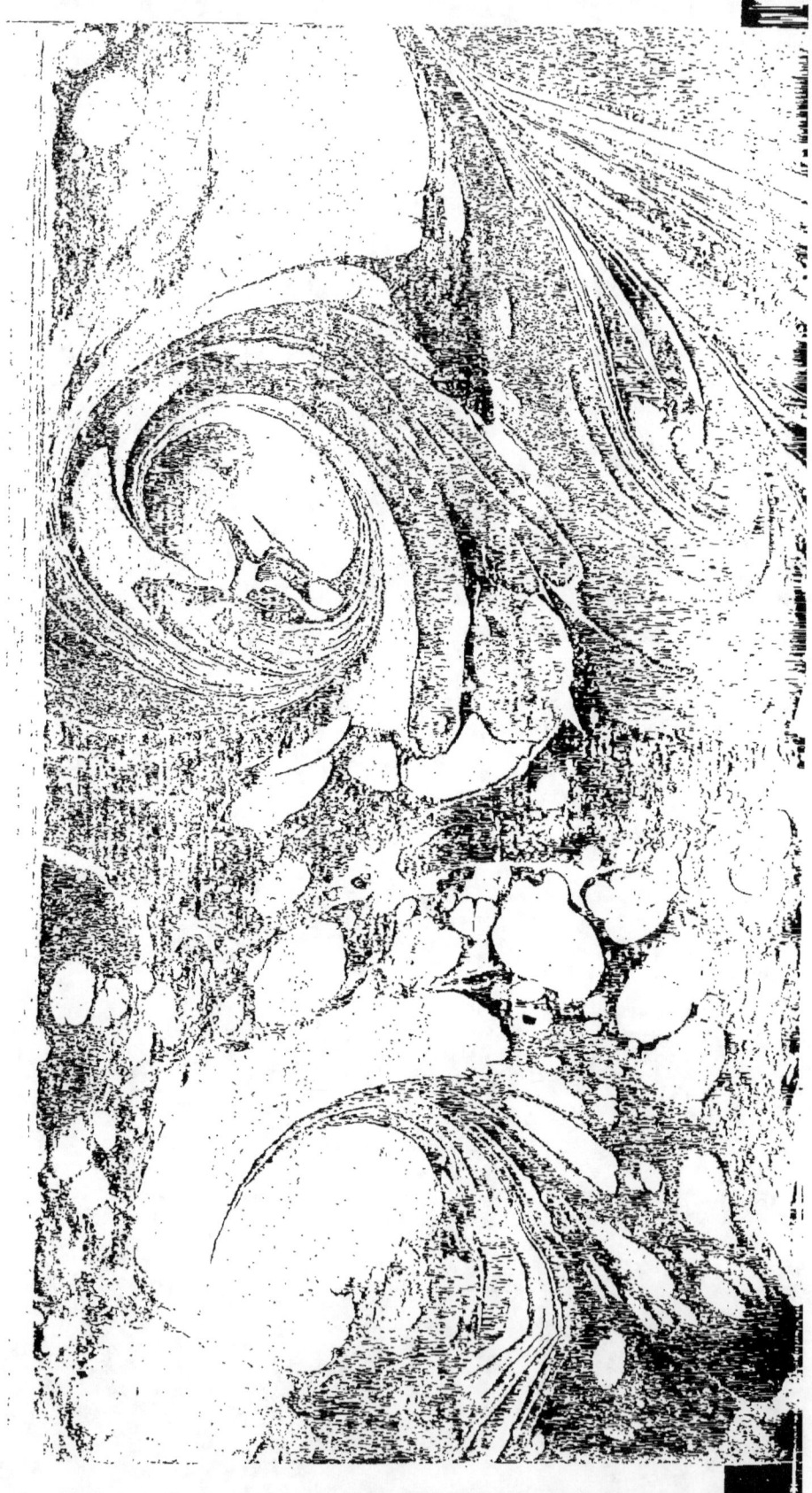

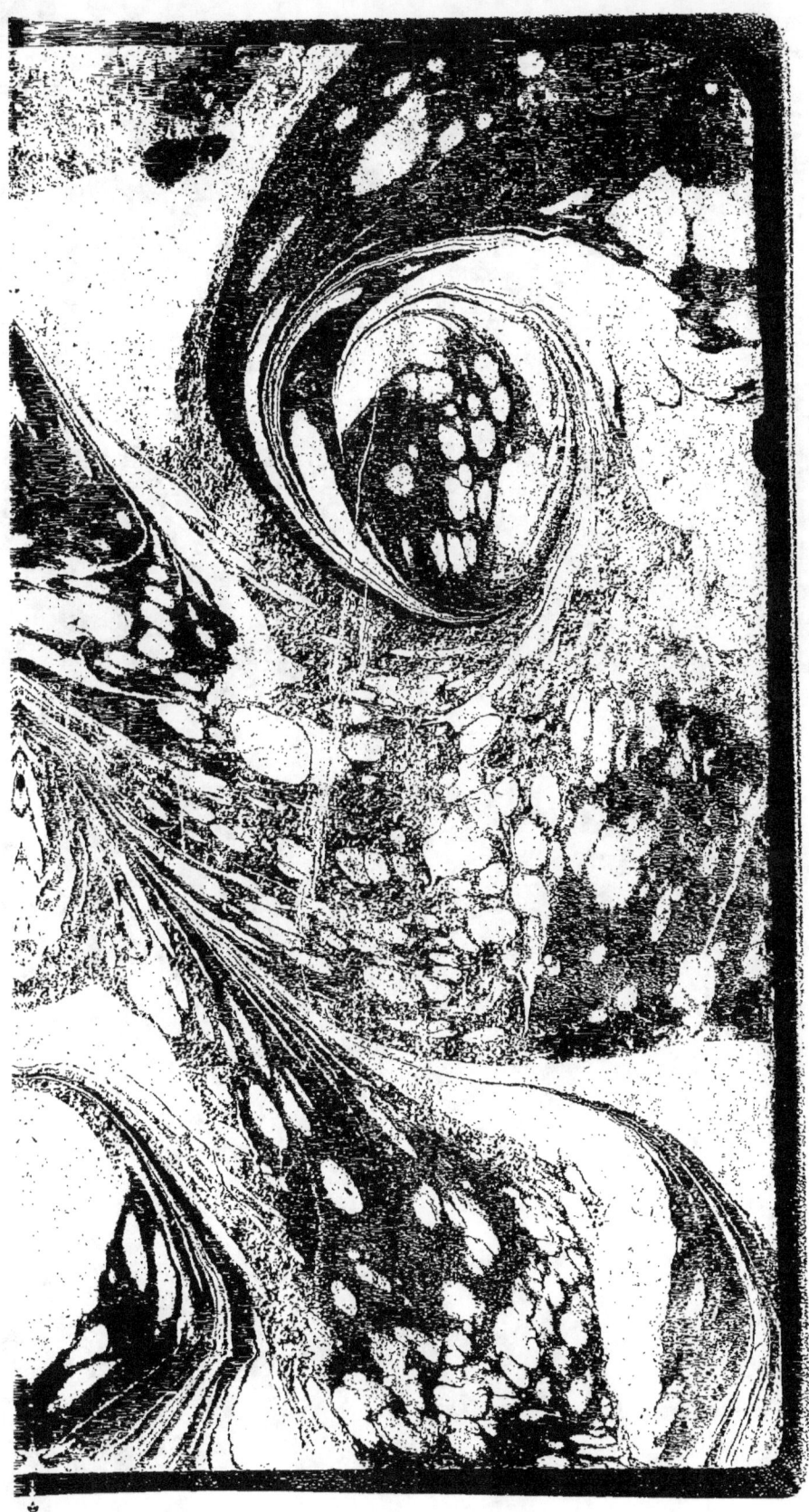